「ふぅ……温かくて、甘くて、ホッとする」
一生働きたくない俺が、
クラスメイトの
大人気アイドルに
懐かれたら
5
美少女アイドルたちにライバルが現れました
岸本和葉
イラスト みわべさくら

ミア／宇川美亜《うがわ・みあ》

「ん、これなら
いくらでも食べられそう」
「これ本当に低糖質!?」
「疑いたくなる
くらいの甘さだね……」
試食会

チョコレート・ツインズ
クロ／小狼黒芽《ころう・くろめ》
シロ／狐塚白那《こづか・しろな》

# 一生働きたくない俺が、クラスメイトの大人気アイドルに懐かれたら 5

## 美少女アイドルたちにライバルが現れました

岸本和葉

OVERLAP

# CONTENTS


第一章 ☆ 志藤凛太郎の朝 003
第二章 ☆ ハロウィンライブ 015
第三章 ☆ ツインズ、襲来 038
第四章 ☆ 好きこそ 069
第五章 ☆ 日々のご褒美 094
第六章 ☆ まるで家族のように 127
第七章 ☆ 敵情視察？ 153
第八章 ☆ アカウント開設 203
第九章 ☆ 志藤凛太郎の怒り 228
第十章 ☆ 独占権 267
エピローグ ☆ ご褒美 277

イラスト／みわべさくら

I don't want to work for the rest of my life,
but my classmates' popular idol get familiar with me.

# 第一章　☆志藤凜太郎の朝

I don't want to work for the rest of my life, but my classmates' popular idol get familiar with me.

この俺、志《し》藤《どう》凜《りん》太《た》郎《ろう》の朝は早い。

「ん……」

実家の自室で目覚めた俺は、伸びをしながらベッドを下りた。

そして自分のベッドやその周辺をチェック。

何故《なぜ》こんなことをするのかと問われれば、それはたまに寝ぼけたアイドルがベッドにもぐりこんでいることがあるからと答えざるを得ない。

特に乙《おと》咲《さき》玲《れい》とかいう寝《ね》坊《ぼ》助《すけ》は、嘘《うそ》かと疑いたくなるくらいとんでもない行動を取ることがある。

ベッドにもぐりこんでいることなんて日常茶飯事。

酷《ひど》い時はめちゃくちゃ服が乱れていたり、俺に抱き着いていたりして、朝から俺の心臓をおかしくしようとしてくる。

男としてはラッキーくらいの感覚でいればいいのかもしれないけれど、相手が大人気アイドルともなると、どうしても恐ろしさの方が勝ってしまう。

主に週刊誌とか。

まあ家の中でそこまで気にする必要もないだろうけど、このじゃれ合いが当たり前のものになってしまうと、外で同じような行動を取ってしまった時が恐ろしい。

だから俺は常に警戒しながら生きる必要があるのだ。

（まさか俺が、一つ屋根の下でアイドルたちと共同生活を送ることになるなんてな……）

何故いつものマンションではなく、一軒家である自分の実家で目を覚ましたのか。

それは俺の提案で、国民的アイドル三人と共同生活を送っているからに他ならない。

何も知らない人間であれば、俺のことを妄想癖のある人間と思い込むだろう。

なんたって、俺が共に暮らしているのは、あの国民的アイドルであるミルフィーユスターズの三人なのだから。

「えっと……今日の献立は」

自室を出て洗顔と歯磨きを終えた俺は、キッチンに立つ。

やたらと性能のいい家電が揃《そろ》ったこの場所は、俺にとってはまさに天国。

玲が揃えてくれた前のマンションのキッチンも不便はなかったが、ここと比べてしまうとわずかに劣ると言ったところか。

俺は冷蔵庫に貼ってある一週間分の献立表を眺めて、今日のメニューを確認する。

これはミルフィーユスターズを側《そば》で支えるために開発した独自のメニューたち。

栄養バランスなどを一から調べ、彼女たちの消費カロリー、スタイルキープにもっとも適した形に調整してある。

ちなみに独自のメニューと言いつつも、栄養バランス云々《うんぬん》に関しては志藤グループの商品開発部にいる栄養士の力を借りている。

俺の選んだ献立が、俺の目的と一致しているかどうか確認してもらっているのだ。

間違っていたら指摘してもらって、アドバイス通りに直す。

大事な彼女たちの体を、素人の栄養管理で台無しにするわけにはいかない。

使えるものはなんでも使う。

たとえそれが親のすねであっても――。

「目玉焼きとトースト……ハムにサラダ、後はヨーグルトと……」

冷蔵庫から必要な物を取り出し、朝食を作っていく。

現在この家には、俺を含めて四人の人間がいる。

乙咲玲、日鳥夏音《ひどりかのん》、宇川美亜《うがわみあ》。

それぞれレイ、カノン、ミアという名称でアイドル活動をしている彼女たちは、野球部くらいよく食べる。

日々過酷なレッスンに対し、大量のカロリーが必要になっているようだ。

というわけで、朝食もびっくりするくらいの量を作らなければならない。

これまでは玲の分しか作っていなかったが、今はその三倍。

（ははっ、あいつらが国民的アイドルじゃなかったら、今頃破産だな）

頭の中でそんなことを思いながら、俺は一人で苦笑いを浮かべた。


「おはよう、凛太郎君」

しばらくしてリビングの扉が開くと、そんな声と共にミアが現れた。

彼女の部屋着姿は、直視できないくらい妙に色っぽい。

そろそろ見慣れてきたと思ったのだが、まだまだ時間が足りないようだ。

「ん、ミアか。相変わらず早いな」

「君には負けるけどね。いつも何時に起きているんだい？」

「大体六時前くらいかな」

時計を確認してみれば、現在時刻は六時二十分。

朝食の時間は基本的に七時くらいに設定しているから、まだ余裕があると言っていい。

「コーヒーでも淹《い》れようか？」

「できればいただきたいかな」

「分かった。ちょっと待ってろ」

冬の気配が強くなり、最近はますますホットコーヒーが美味《うま》くなってきた。

挽《ひ》いた豆を紙フィルターに載せ、沸かしたお湯を注ぐ。

リビングに芳《こう》ばしい匂いが立ち込め、喫茶店の雰囲気にグッと近づいた。

「ほい、コーヒー」

「ありがとう。助かるよ」

ミアは俺からコーヒーを受け取り、カップに口をつける。

「ん？　豆変えた？　なんかいつもより深みがあって美味《おい》しい気がする」

「お、よかった。ちょっとずつブレンドを変えてんだけど、今回だいぶ上手《うま》くいってさ。結構自信あったんだよな」

この家での生活が始まると同時に、俺はいくつかのコーヒー豆を取り寄せる形で購入した。

せっかく淹れるなら自分で一番と思えるものを作りたい。

そう思って毎日試行錯誤していたのだが、最近になって自分が理想としているものを作り出すことに成功した。

コーヒーの美味さはその日の調子を決める。

そう信じている俺は、コーヒー一杯でも妥協しない。

「そういや、新聞届いてたぞ」

「ああ、助かるよ」

俺は朝ポストに入っていた新聞をミアへと渡す。

情報は自分を守るものと語っていた彼女は、毎日こうして新聞を読んでいた。

時事ネタを取り扱う番組に出ている時に、的を射た言葉でスタジオをどよめかせている姿を見ると、日々のこうした習慣が実を結んでいるのだと認識できる。

「……ねぇ、凛太郎君は〝ツインズ〟って知ってる？」

「ああ、今めちゃくちゃ伸びてる二人組のアイドルだろ？」

チョコレート・ツインズという名前で活動している、二人組のアイドルグループ。

元々は動画サイトに既存アイドルの曲を〝歌って踊ってみた〟というタイトルでアップしていたらしく、それが芸能事務所に見初められる形でデビューを果たした。

というのが、ミルスタの人気が爆発した少し前の話。

ミルフィーユスターズという化物グループが一世を風靡《ふうび》してしまったせいで、ツインズはそこまで大きく注目を浴びなかった。

しかしそれが最近になって新たな熱を持ち、世間から強い関心を抱かれている。

「さすが、よく知っているね」

「テレビでもネットでも引っ張りだこだしな。情報断ちでもしてない限り、知らないままじゃいられねぇよ」

それに俺は、ツインズの大ヒットはミルスタにも少なからず影響を及ぼすのではないかと警戒していた。

故に何度か自分で調べることもあり、一般人よりは彼女らについて詳しいと言っていいレベルに到達している。

「黒担当のクロメ、白担当のシロナ……セクシー路線に力を入れた二人組のアイドル。うん、なかなか手強《てごわ》そうだ」

「手強そうって……やっぱアイドル的にはライバル視するもんなのか？」

「それはそうさ。現状の人気で負けているつもりはないけれど、ボクらの仕事が取られてしまう可能性は十分あるしね」

そう告げるミアの顔は、決して冗談を口にしている顔ではなかった。

今のところ、ミルスタがツインズに仕事を取られるような姿は想像できない。

むしろミルスタ自体が忙し過ぎて、少しくらい取られた方がスケジュール的にありがたいのではないかと思ってしまうほどだ。

しかしこれはあくまで素人の意見。

きっと仕事が奪われるようになってからでは手遅れなのだろう。

「ん……おはよう」

そんな話をミアとしていると、リビングの扉を開けて玲が入ってきた。

眠そうに目を擦《こす》っている彼女の寝間着は、相変わらずだらしないことになっている。

オーバーサイズのTシャツはほとんど肩からずり落ちており、その豊満な胸元でかろうじて支えているような状況。

朝から一々目のやり場に困る。

「おはよう……お前さ、寝ぼけてるのは分かるけど、もう少し格好を気にしてくれよ……」

「別に、凛太郎になら見られても問題ない」

「いや、どちらかというと俺の方の問題だから――――って、ちょっと待て。そのTシャツ俺のじゃないか？」

「ん。洗面所にあったから借りた」

「どうりで一枚ないと思った……」

「凛太郎の匂いがするから、よく眠れるの」

「はぁ!?　お前まさか、洗濯前のやつを持ってってたんじゃ……」

玲は何も言わず、小さく微笑《ほほえ》んだ。

果たしてその反応はどちらのものなのだろうか。

思わず頭を抱えそうになる。

これまでもマンションの同じフロアという極めて近しい距離で過ごしていたわけだが、

一軒家での生活はその比ではない。

特に水場が共用になったことで、その感覚を加速させている。

洗面所に行けば誰かが脱ぎ散らかしたであろう服が落ちているし、浴室には中々お目にかかれない数のシャンプーが並んでいる。

ミルスタの三人を支えるため、俺は覚悟を持ってこの生活を始めた。

しかしそれは三人のためならどれだけ自分の時間を割いても構わないという方向の覚悟であり、距離感に対する覚悟は若干薄かったのである。

俺の読みが甘かっただけの話だが、今更距離感どうこうで話をこじらせるのも面倒臭いため、俺はこのまま慣れるのを待つことに決めた。

不快なわけでもないし。

「カノンはまだ起きてない？」

「あいつはいつも最後だしな……でもそろそろ起きてくる頃だと思うが」

そんな話をしていると、ちょうどリビングの扉を開けてカノンが中に入ってきた。

しかしその顔はどこを見ているのか分からないくらい寝ぼけており、足元もふらふらとおぼつかない。

「おはよう、カノン。顔洗ってきなよ」

「んー……」

ミアの言葉を聞いているのかいないのか。

それでも意識がおぼつかないまま洗面所へと向かっていくところを見るに、自分が何をしなければならないかは分かっているのだろう。

「……一応ついていこうかな」

苦笑いを浮かべながら、ミアがカノンの後を追う。

これもまあ、いつも通りの光景だ。

普段はカノンとほぼ同じタイミングで起きる玲《れい》が洗面所まで付き合うのだが、時間がわずかにズレるとこういうこともある。

「そうだ、玲」

「ん、なに？」

「もうすぐハロウィンライブだろ？　コンディションは大丈夫か？」

今は十月終盤。

あと数日もすれば、ミルスタのハロウィンライブが始まる。

屋外のライブ会場を使ったコスプレ可のイベントらしく、もちろんチケットは完売状態で、本人たちの準備も着々と進んでいる。

「ん、大丈夫。体調はばっちり」

「ならよかった」

「これも凛太郎《りんたろう》が世話してくれているおかげ。凛太郎のご飯を食べるようになってから、体調が悪くなったことがない」

それは元々お前の体が頑丈だから――――と言いそうになり、野暮だと思ってやめた。

ここは素直に喜んでおこう。

「凛太郎は、ハロウィンライブ来れそう?」

「大丈夫だって。ちゃんと予定空けてるよ」

そう伝えると、玲はホッとした様子を見せる。

ハロウィンライブのチケットは、すでに入手困難。

しかしある意味関係者と言える俺は、玲たちからチケットを譲ってもらっていた。

ちなみに、今回のライブは会場の都合で関係者席がなく、俺も一般の客と同じ場所で楽しむことになっている。

「今回のライブ、いつも以上に衣装が可愛《かわい》い。凛太郎の視線も、きっとくぎ付け」

「そいつは楽しみだ」

得意げな玲を見ると、自然に笑みがこぼれてしまう。

三人のコンディションは万全。

これなら、ハロウィンライブはきっといいものになるはずだ。

# 第二章　ハロウィンライブ

I don't want to work for the rest of my life, but my classmates' popular idol get familiar with me.

「相変わらず人気だねぇ、ミルスタは。人口密度がすごいことになってるよ」

時は流れ、あっという間にハロウィンライブの日がやってきた。

屋外に設置された会場は、見渡す限り超満員。

冬が近づいてきているというのに、この辺りだけ強い熱気が立ち上っていた。

俺の隣にいる稲葉《いなば》雪緒《ゆきお》は、あまりの観客の多さに感心した様子を見せている。

何を隠そう、俺はこういうライブに一般参加することが初めてなのだ。

正直、心細さは否めない。

だから無理を言って、雪緒にこうしてついてきてもらった。

親友であるこいつは、俺とミルスタの関係を知っている数少ない人間。

関係値といい、立場といい、今まで以上に俺が雪緒を頼りにしていることは言うまでもないだろう。

ちなみに雪緒の分のチケットも、玲たちが快く用意してくれた。

天宮司《てんぐうじ》との一件で世話になったわけだし、恩返しの意味も込めているらしい。

あの件は主に俺のせいで起きてしまったこと。

しかし彼女たちがまるで自分のことのように考えてくれているのが、嬉《うれ》しくもありつつ、むず痒《がゆ》くもあるというか。

「ハロウィンライブだからか、コスプレしてる人も多いね」

「ああ、時期に合わせてそういう趣旨のライブらしいぞ。あの三人もいつもの衣装に加えて、ハロウィンらしいコスプレも用意してるって」

衣装の内容は聞いていないから、なんとなくの想像でしかないが……カノンは魔女《まじょ》っ娘《こ》、ミアはドラキュラなんて似合うんじゃなかろうか。

玲は、そうだな、フランケンとか？

摑《つか》みどころがないっていうか、ぼーっとしてることも多いし。

「なんかドキドキするなぁ……僕、こういう特別なライブ以前に普通のライブにも来たことないから。凛太郎は一回行ったんでしょ？」

「関係者席でな。前に見にいった時は、呆気《あっけ》にとられるくらい盛り上がってたぞ……コールアンドレスポンスの連発で」

コールアンドレスポンスとは、簡単に言えばアーティストの呼びかけに対し、観客が決まった掛け声を返すことで応じるパフォーマンスのこと。

ライブ会場全体が一体感に包まれる感じは、なんとも言えない興奮を与えてくれる。

声を上げるのはあまり得意じゃない俺だが、こういう時ばかりはさすがに話は別だ。

「へぇ……じゃあ今日もあるのかな？　この日のために、たくさんミルスタの曲予習してきたんだよね」

「そこまでしてくれたのかよ」

「せっかくチケットまで用意してもらったわけだし、全力で楽しみたいでしょ？」

雪緒がこういうことに意欲的なのは、少し意外だった。

もちろんいい意味で。

こんなに誘いがいがある奴《やつ》なんて、中々いない。

――なんて話をしていると、すでに開演の時間がすぐそこまで迫っていることに気づく。

やがて大型のステージを照らしているライトが切り替わり、会場全体が期待を含んだ静寂に包まれた。

時刻はすでに夕暮れ。

薄暗くなってきた中で光るのは、赤、青、黄の三色のライト。

そしてそれぞれのライトの照らす先に、彼女たちは立っていた。

『――わん、つー』

玲のいつもの掛け声から始まるのは、ミルスタの代名詞と言ってもいいデビュー曲。

三人の魅力が遺憾なく詰め込まれたこの曲は、聞いているだけで不思議と心が躍る。

そこに三人の歌声が合わさり、会場は大きな興奮で満たされた。

（こうして見ると……やっぱりすげぇな）

身震いしてしまうほどの興奮を抑えつけ、俺は苦笑いを浮かべる。

俺は今、これだけの人々を熱狂させられる存在と一緒に暮らしているのか。

荷が重いと感じる部分もありつつ、優越感を覚えている自分がいることも事実。

しかしこの状況は、彼女たちが俺を必要としてくれているから生まれているもの。

ちゃんとそれに見合うサポートをしなければ、俺は彼女たちの側《そば》にいる資格を失うわけだ。

「今後は一層気合い入れていかねぇとな……」

静かに決意を固め、俺は今日のライブに没頭することにした。

『みんなー！　今日は来てくれてありがとー！』

「「「おおおおおぉぉおおお！」」」

カノンの呼び掛けで、観客から咆哮《ほうこう》が上がる。

あまりの声量に鼓膜がひどく揺さぶられるが、不思議なことにまったく不快感がない。

むしろこっちまでこの叫びに乗りたくなるというか、すでに謎の一体感の中に俺はいた。

『みんな、今日はコスプレしてきてくれた？』

「してきたよー！」

　引き続きカノンが観客に声をかけると、犬耳をつけた女性ファンが大きな声で返事をした。

　それによって、会場内には小さな笑いが起きる。

『あはは！　ありがとー！　みんなも今日は全力で楽しんでいってね！　楽しんでくれないなら……いたずらしちゃうからっ！』

「「「おおおおお！」」」

　カノンのお茶目なウィンクに、再び歓声が上がる。

　中には手を合わせて拝んでいる奴もいたりして、少し驚いてしまった。

　ここまで来ると、もはや一つの宗教だな。

『カノン、早速だけど、ボクらも着替えよう。せっかくおめかしして来てくれている子がいるんだからさ』

『そうね！　みんな！　ちょーっと待っててね！　ほら、玲も行くわよ！』

『うん』

　三人が自分の衣装に手をかける。

　そして一瞬布が大きくはためいたと思ったら、すでに三人の姿は変わっていた。

『じゃーん！』

どういう仕組みなのかはまったく見当もつかないが、三人はいつの間にかハロウィンにちなんだコスプレをしている。

カノンは魔女っ娘。

ミニスカートとニーハイによって生まれた太ももの絶対領域に、思わず視線が引き寄せられる。

頭にかぶった大きなとんがり帽子も可愛らしい。

ミアはドラキュラ。

スーツにマントという露出の少ない硬派な服装だが、ピチッとしたズボンがミアの人並み外れたスタイルを強調している。

そして歯にコスプレ用の牙をつけているようで、それがちらりと見えるたびに彼女の妖艶さを加速させていた。

ここまでは、俺の予想が見事に当たっている。

しかし、最後の一人である玲だけは、俺の予想から大きく外れていた。

彼女が身にまとっていたのは、純白のドレス。

おそらくドールのコスプレなのだろう。

彼女の持ち前の美貌が、人形独自の美しさと不気味さに見事にマッチしていた。

本当は乙咲《おとさき》玲なんて人間はどこにもいなくて、ただの動く人形だった――。

そんな風に言われても、今の玲《れい》だけを見たら信じてしまうかもしれない。

それほどまでの存在感の違いを覚えた。

『次の曲は、ハロウィンにぴったりなあれで行こうかな』

『そうねっ！　行くわよ！　〝ハロウィン・パーティー〟！』

オレンジ色のカボチャをイメージしたであろうライトが、会場を強く照らす。

再び大きな歓声が上がる中、玲たちはコスプレしたままパフォーマンスを再開した。


その後、ライブは特にトラブルも起きずに閉演した。

アンコールも終わり、ミルスタの三人が完全に舞台から捌《は》ける。

観客は直帰するもよし、物販に寄って買い物してから帰るもよし。

ひとまず俺は、何事もなくライブが終わったことに安堵《あんど》した。

「もう終わりかぁ……初めて参加したけど、楽しいね、ライブって」

どこか寂しそうな様子で、雪緒はそうつぶやいた。

「そいつはよかったよ。……っと、物販寄ってくか？　もう人気グッズは売り切れちまってるだろうけど」

人気のグッズであるTシャツやタオル、トレードマークのキーホルダーなどは、すぐに売り切れてしまうと玲たちが言っていた。

だいぶライブの余韻に浸っていたせいで、今から物販に向かっても最後尾の方になるだろう。

となると、人気のグッズは手に入れられない可能性が高い。

「元々欲しい物とかは特にないんだけど、一応見てみたいな。せっかく来たんだしね」

「そうか、それじゃ寄っていこう」

二人して物販へと向かおうとした、その時——。

「きゃっ!?」

「っ、おっと」

向こうから歩いてきた少女と、肩同士がぶつかってしまう。

華奢《きゃしゃ》な少女と一般的な男子高校生の俺がぶつかれば、どちらが大きく体勢を崩すかは明白だった。

ぐらりと転びそうになる彼女を認識した俺は、咄嗟《とっさ》にその腕を摑んで引き寄せる。

「すみません、大丈夫ですか?」

「は、はい……」

転びそうなところから持ち直した彼女と、目が合う。

ずいぶん整った顔立ちをしているようで、大きくて綺麗《きれい》な瞳がやけに印象的に映った。

口元はマスクで、髪色髪型は帽子に隠れていて分からないが、おそらく相当な美少女。

玲と出会っていない俺だったら、このまま見惚《みと》れていたかもしれない。

まさかこんなところで美少女と暮らしている恩恵を受けられるとは。

幸いなことに、俺は目の前の少女の外見に特別な感想を抱かずに済んだ。

「あ、たびたびすみません。無理に摑んじゃって……痛かったですよね」

「い、いえ！　ぶつかったのはウチの方なんで……」

改めて体勢を持ち直しているのを確認して、俺は少女から手を放す。

今時、良かれと思って手助けしたことで痴漢と訴えられてしまうこともあるらしい。

見知らぬ女とはかかわり過ぎないに限る。

そう思って、俺はすぐにこの場を離れようと踵《きびす》を返した。

「あの！」

しかし、何故《なぜ》か彼女は俺の服の袖を摑んだ。

何事かと思い振り向けば、うるんだ瞳の彼女と再び目が合う。

「な、何か？」

「あの、その……ぶつかったお詫《わ》びに、何か奢《おご》らせてもらえないかなーって思って……」

「え？」

この女は何を言っているのだろう。

転びそうになったところを助けただけの俺に、そこまでする必要なんてない。

別に悪意があるようにも見えないが、失礼な話、あまりにも旨《うま》い話過ぎて怪しさすら感じてしまう。

「……悪いけど、そういうのは別に――――」

「おい……シロに何をしてるんだ」

話を断ろうとしたその瞬間、突然俺と少女の間に別の人間が割り込んでくる。

俺に対して鋭い目つきを向けてくるその人物は、シロと呼ばれた少女に勝るとも劣らない美少女だった。

「シロ、こいつ痴漢?」

「はぁ!?」

予想すらしていなかった疑いをかけられ、思わず大きな声を出してしまう。

突然何を言い出すのだ、この女は。

「だ、大丈夫!? 凛太郎《りんたろう》」

成り行きを見守っていた雪緒《ゆきお》も、さすがにこれ以上はと思ったのか側に寄ってきてくれた。

割り込んできた女はいまだ俺に対して警戒心を向けている。

残念ながら、俺の懐はそんなに広くない。

初対面で敵意を向けられ、あらぬ疑いをかけられ、すでにこいつに対する俺の印象は最悪だ。

「もうっ！　クロってば！　その人は痴漢やあらへんよ！　むしろ転びそうになったウチを助けてくれた恩人や」

「……そうなの？」

クロと呼ばれた失礼女は、俺と自分の後ろにいる少女を何度か見比べた。

そしてようやく勘違いを理解したのか、申し訳なさそうに眉尻を下げる。

「すまない……早とちりした」

「あ、ああ……」

彼女は自分の間違いに気づいた途端、すんなりと頭を下げた。

こちらも喧嘩腰《けんかごし》になりかけていた分、あまりの素直さに思わず体の力が抜けそうになる。

「ウチのクロが堪忍なぁ。この子、あんまり男の子に免疫がなくて」

「……別にいいよ、勘違いって分かってくれたなら」

「おおきに。おにいさんが優しい人でよかったわぁ。ところで、連絡先交換しいひん？」

「何もかもいきなりだな……悪いけど、初対面の人とは交換しない主義なんだ」

もちろん嘘《うそ》だ。

こいつらからは、どことなく面倒くさい匂いがする。

特にこのシロと呼ばれた関西弁の女。

人懐っこそうに見えて気を許せば、いつの間にかこちらが弄ばれているなんてオチになりかねない。

「ああ、分かったよ」

策士であるミアに、胡散臭《うさんくさ》さがプラスされたといえば分かりやすいだろうか。

「あれま、残念やわ。ほなまたどこかで会《お》うたら、そん時は交換してくれはります？」

本当に会うことがあればな。

「言質取ったで？　そしたら行こか、クロ。もうここに用はあらへんし」

「うん」

「再会、楽しみにしてるで。ほなまた」

軽く手を振って、彼女たちは去って行く。

二人の背中が小さくなったのを確認して、俺は大きくため息をついた。

「はぁ……なんだったんだ、今の女たちは」

「ごめんね、すぐ間に入れたらよかったんだけど」

「雪緒が謝る必要なんてねぇよ。別に何も被害はなかったしな」

「まあ……ある意味逆ナンだった、のかな？」

確かに逆ナンと言われれば、それ以外の言葉は見当たらない。

俺にもついにモテ期が来たかと浮かれたいところだが、少なくとも、あのシロと呼ばれていた関西弁の女は間違いなく厄介。

正直面倒臭いことはどんなに美味《おい》しい話であっても御免だ。

「とりあえず俺たちも行こうぜ。変に時間取られちまったし……」

「あ、うん。そうだね」

「ん？　どうした？」

「……いや、さっきの二人、どっかで見た気がして」

二人が去っていった方を見ながら、雪緒はそんな言葉をこぼす。

「どっかって……どこだ？」

「うーん……ちょっと思い出せないかも」

苦笑いを浮かべる雪緒を見て、俺は首をかしげる。

見覚えのある雰囲気――。

そう言われると、なんとなく俺もそんな気がしてくる。

帽子とマスクで外見的特徴はほとんど隠れていたが、雰囲気に覚えがあるというか……。

例えるなら、初めてミルスタの三人に出会った時に感じたものに近かった。

もしかすると、雑誌などで活躍するモデル、あるいはインフルエンサーだったのかもしれない。

それならなんとなく見覚えがあることにも納得だ。

「まあいっか。行こう、凜太郎」

「おう」

　このことを特に重要と思わなかった俺たちは、そのまま会場を後にした。


　会場を離れた俺たちは、適当なファミレスで飯を食った後、そのまま駅で解散することにした。

　多少の疲労感を抱えながら帰宅した俺は、外から持ってきた汗と汚れを払うためにシャワーを浴びる。

　俺がイベント慣れしていないだけかもしれないが、ライブというのは見ているだけでも意外と疲れるようで。

　体を拭くためのタオルが、いつもよりほんの少し重く感じられた。

（そういえば……あいつら今日の飯どうすんだろ）

　ライブのことで頭がいっぱいで、俺もあいつらも終わった後のことをなんにも考えていなかった。

　必要なら作るだけなのだが、ライブ終わりに簡単な物で済ませてしまうというのはあまりにも味気ないというか、なんというか。

どうせなら豪華なものを食べさせてやりたい。

となると、買い出しに行く必要が出てくるのだが――。

「ん？」

髪をドライヤーで乾かしていると、何やらスマホにメッセージが届いた。

差出人の名前は、ミア。

俺は湿った髪を一旦放置して、スマホのロックを解く。

『ごめん、スタッフの人たちと打ち上げすることになっちゃった。今日のご飯は三人とも大丈夫です』

そんなメッセージに、手を合わせて謝罪しているような絵文字がついていた。

なるほど、そういうものもあるのか。

「じゃあ帰りの時間はどれくらい……っと」

打ち上げとなると、帰る時間もかなり遅くなるだろう。

そう思って返信してみると、日付が変わるまでには帰るというメッセージが届いた。

まあ未成年だし、大人がかかわるならそんなもんか。

零時前なら、ギリギリ起きていられそうだけど……。

「……暇だな」

ドライヤーを再開し、俺はふと気づく。

時刻はまだ十九時。

ライブ自体は十七時に終わり、解散も早かった。

こうなることを先に知っていたら、雪緒にもう少し付き合ってくれと頼んでもよかったかもしれない。

掃除も洗濯も、ライブを純粋に楽しみたくて昨日のうちに終わらせてあるし、飯を作る必要もなくなった。

こうした空白の時間はありがたいが、突然できると何をしていいか分からなくなってしまう。

(授業の予習でもしとくか……？)

俺は自室から教科書とノート、そして問題集を持ち出して、リビングへと戻ってくる。

普段なら自室でやるのだが、せっかく一人でこのでかい家を使えるのだから、わざわざ部屋に引きこもる必要もないだろう。

普段は飯を食べるためのテーブルに勉強道具を広げ、ノイズキャンセリング付きのイヤホンを耳にはめた。

勉強中に音楽は流さない。雑音を消せればそれで充分。

せっかくできた暇な時間を勉強に使ってしまうなんて、なんとつまらない男と思うかもしれない。

しかし、あいつらの世話で成績が下がったなんて死んでも言いたくないし、あいつら自身に責任を感じさせるのもごめんだ。

だったら、普段以上に勉強して、成績を維持するどころか上げてやればいい。

「よし、やるか」

静かに気合を入れ、俺は集中して勉強に取り組み始めた――――。

◇◆◇

「ただいまぁ……はー、疲れた」

「打ち上げ、ちょっと盛り上がりすぎたね」

「まったくよ……いい大人たちが揃《そろ》いも揃ってライブの成功を喜んじゃって」

打ち上げを終えた私たち三人は、ようやく凛太郎の実家へ帰ってくることができた。

「りんたろー！　帰ったわよー！」

靴を脱ぎながら、隣でカノンが叫ぶ。

しかし、凛太郎の返事はない。

「……返事がないわね」

「ん、もしかしたら出かけてるのかも」

「うーん、だったらあたしたちに連絡の一つでもよこすんじゃない？」

「……確かに」

凛太郎《りんたろう》は、いつも私たちを労《ねぎら》いの言葉と共に出迎えてくれる。

それが自分のこだわりなのだと、前に語ってくれた。

あの凛太郎が、事情もなくそのこだわりをやめるとは思えない。

彼に何かあったのではないか。

急に不安がこみあげてくる。

「まあまあ、とりあえず中に入ろうよ」

ミアに背中を押され、私とカノンはリビングへと入る。

「あ……」

それを見た私は、思わずほっとして声を漏らした。

そこにあったのは、テーブルに突っ伏して寝息をたてる凛太郎の姿。

教科書やノートが広げられているところを見るに、勉強中に寝落ちしてしまったらしい。

「なんだ、寝ちゃってたのね」

「よかった……」

凛太郎に何かあったらと思ったら、気が気ではなかった。

ひとまず何事もなさそうなところを見て、私は胸を撫《な》でおろす。

「ライブって、観客として見ているだけでもかなり疲れるものだから……普段ボクらのために頑張ってくれているし、寝落ちしちゃうのも仕方ないね」

「そうね……ってか、どうする？　できればベッドで寝かせた方がいいわよね？」

「うん、でもボクらで運べるかな？」

このままでは、凛太郎が体を痛めてしまうかもしれない。

それに肌寒くなってきているし、風邪を引いてしまう心配もある。

三人で頑張れば、寝室まで移動させることはできるかもしれない。

しかし起こさないまま移動させる自信は、私たち三人の中にはなかった。

でも――――。

「……風邪を引かれるよりは、絶対運んだ方がいい」

私はそう二人に告げた。

動かす時に起こしてしまうのはかわいそうだけれど、このまま体調を崩すよりよっぽどマシなはず。

せめてリビングのソファーまで移動させられれば、体を痛める可能性は低くなるし、毛布だってちゃんと掛けてあげられる。

少なくとも、放置するという選択肢は存在しない。

「……そうね、レイの言う通りだわ」

「うん、運んでみようか」

「バランスを見るに、三人で持ち上げるよりも、二人で前と後ろを持った方がよさそうね」

「じゃあボクとレイでやってみよう。カノンは、ボクらが落としそうになった時にサポートしてほしい」

「分かったわ」

私たちは、なんとかして凛太郎の体をソファーまで運ぶことに成功した。

一度彼の部屋のベッドまで運ぶことを試みたけれど、階段を上ることができずに断念。

途中かなり揺らしてしまったり、柱にぶつけそうになったりもしたけれど、結局凛太郎は一度も起きることなく今も寝ている。

「これで起きないってことは、相当疲れてたのかも」

「そうだね……ボクらって、普段どれくらい彼の負担になっているのだろう」

「……」

ミアの疑問に、私は何も答えられなかった。

それはカノンも同じだったようで、口を開かず眉をひそめている。

「凛太郎君、ボクらのこと嫌になっちゃったりしないかな……」

「……大丈夫、それだけはないと思う」

自立しているところばかりが目立つ凛太郎だけれど、決して弱い部分を持っていないわけではない。

そのことは、この前の天宮司《てんぐうじ》さんとの一件や、母親の話をしてくれた時に証明されている。

私たちがそれを知っているからこそ、彼が本当につらい時は、ちゃんと弱音を吐いてくれるのではないかと思うのだ。

「私たちが凛太郎を信じているように、凛太郎も、私たちを信じてくれている。だからもう、変に強がったりはしない気がするの」

「……うん、そうかもしれないね。ちょっと照れくさいけど」

凛太郎と築いた絆《きずな》は、そう簡単にはこじれない。

この気持ちよさそうな寝顔を見ると、心の底からそう思える。

「にしても、本当に気持ちよさそうに寝てるわね」

呆《あき》れたように言いながら、カノンが凛太郎の頬をつつく。

「羨ましい、私もやりたい」

「駄目だよ、レイ。さすがに起きちゃうかもしれないでしょ？　カノンもあまり悪戯《いたずら》しない」

カノンと私は、大人しく指を引っ込めた。

凛太郎の柔らかそうな頬《ほ》っぺたは触りたかったけれど、それで起こしてしまったらさすがに申し訳なさすぎる。

「……でも、さすがに寝顔が可愛《かわい》すぎるよね」

私たちの前で、ミアは自分のスマホを取り出した。

そしてカメラを起動し、凛太郎の顔をそれに収める。

「み、ミア!?」

「大丈夫。カノンたちにもちゃんと共有してあげるから」

「……ならいいわ」

顔を見合わせ、私たちは笑う。

この日、私たちミルフィーユスターズだけのチャットグループに、凛太郎の寝顔コレクションという項目が作られた。

# 第三章　ツインズ、襲来



「ふあ……」

朝食を作りながら、俺はでかいあくびを漏らす。

昨日、いつの間にか寝落ちしていた俺は、ソファーの上で目を覚ました。

気づけば俺の体には毛布がかけられており、頭の下にはご丁寧に普段使っている枕が敷いてあった。

もちろん、わざわざソファーに移動して、枕まで持ち出して横になった記憶なんてない。

そこまでするくらいなら自室で寝るしな。

つまりこの家にいる誰かに寝かせてもらったことになるのだが――。

(はずいよな、普通に)

自分の頬が熱くなるのを感じる。

寝顔を見られた上、枕を用意するために自分の部屋にも入られた。

ソファーまで運んでもらったのはありがたいと思っているが、こればかりはどうにもならん感情というか。

それに、きっとあいつら三人ともが俺の寝顔を見ているはず。

いくら身体能力お化けとはいえ、意識のない男子高校生を女子が一人で運ぶのは無理がある。

となると、三人で協力して運んだに違いない。

別に寝顔を見られることなんて初めてではないはずだが、恥ずかしいもんは恥ずかしいのだ。

「にしても……」

俺はリビングにある時計を確認する。

時刻は午前十時。

日曜日の午前中ということもあって、あいつらはまだ起きてこない。

ライブの翌日だし、疲れもたまっているのだろうしな。

問題なのは、俺がこんな時間に起きたということ。

寝ぼけていた俺の記憶が確かなら、起きたのは一時間前くらい。

休日だろうがなんだろうが、普段なら六時には起きている俺が、まさかの大寝坊。

一度も起きずにぶっ通しで寝ていたということは、昨日の疲れは相当なものだったのだろう。

俺自身、想像以上に昨日のライブを楽しんでいたらしい。

「……おはよう」

頭をすっきりさせるためにコーヒーを淹《い》れようとしていたら、リビングに玲《れい》が入ってきた。

「おはよう。珍しいな、お前が一番乗りなんて。普段はミアの次なのに」

「疲れてる時、ミアは私以上に長く寝る。私もいつもより寝ちゃうけど普段から長く寝てる分、大きな差はないみたい」

「なるほどな」

これればかりは、一つ屋根の下で過ごすようにならないと知りえない情報だな。

その後玲は洗面所で顔を洗って、リビングへと戻ってきた。

いまだ眠たそうな目をこすりながら、彼女はソファーに座る。

「眠そうだな、コーヒーいるか？」

「うん、欲しい」

「はいよ」

「あ、凛太郎、一つお願いがある」

「ん？」

「コーヒー淹れてるところ、近くで見たい」

そう言いながら、玲は期待でキラキラした目を俺に向けてきた。

別に珍しい姿でもないだろうに――――なんて思ったが、そういえば淹れているところを近くで見せたことはなかった気がする。

「……面白い保証はないぞ」

「大丈夫、面白いものを求めているわけじゃない」

玲がキッチンへと入ってくる。

妙な緊張を覚えてしまうが、別に指導するわけでもないし、普段通り淹れればいいだけの話。

俺は体の力を抜き、改めてコーヒーの準備に取り掛かる。

「一応、今何やってんのかって説明はした方がいいか？」

「できれば」

「りょーかい」

俺は冷凍庫から密閉されたコーヒー豆を取り出した。

そして分量を量り、粉末にするべく電動コーヒーミルの中に入れる。

一時期、手回し式のコーヒーミルにも憧れた時期があったが、毎日淹れるとなるとやはり手間だということに気づき、結局この電動式の物に落ち着いた。

手入れを怠らなければ、常にムラなく挽《ひ》ける点がありがたい。

ちなみに、ミルにも円盤型だのプロペラ型だの種類があり、粉末にムラが出やすいタイプと出にくいタイプというのがあるようだ。

ただ趣味で淹れる程度であれば、財布と相談しながら気に入ったデザインの物を買えばいいと思う。

「普段の淹れ方だと、豆は基本的に中細挽きだ」

「中細挽き？」

「挽いたときの細かさの話だよ。粗挽きなら粒が大きくて、細挽きなら細かい。中細挽きなら、ちょうど真ん中くらいのイメージだな」

豆は細かく挽けば挽くほど、ドリップした際に風味が濃く出る。

しかし同時に雑味や苦みも強く出てしまうことがあり、そういったものが苦手な人からすれば、飲むのが辛《つら》くなることは間違いない。

とはいえ、コーヒーの苦みが好きな俺としては、粗挽きでは少々物足りなさを感じてしまう。

濃さを感じられ、なおかつ比較的誰でも飲めるであろう挽き方。

それこそが、結局一番オーソドックスな中細挽きだったというわけだ。

「豆が挽き終わったら、それをドリッパーにセットした紙フィルターに入れる」

ドリッパーというのは、要はコーヒーを抽出するための道具のこと。

これを器の上にセットして、コーヒー豆に湯を通す。

するとその器に、抽出されたものが溜《た》まっていくというわけだ。

「この時お湯の注ぎ方とか、蒸らしがどうのとか、コツは色々あるんだが……今は長くなるから、説明はまた今度な」

「ん、分かった」

沸いたお湯の入ったケトルを、ドリッパーの上でゆっくりと傾ける。

簡単にコツを話すとしたら、できる限りお湯は細く注ぐこと。

勢いよく注ぎすぎると、豆の風味が移らないままお湯が器に落ちてしまう。

「お湯は満遍なくかけず、ど真ん中を狙って小さな円を描くように注ぐ」

「……」

わずかに落下点を動かしながら、ゆっくりゆっくり注いでいく。

そして器に飲みたい量が溜まったのを確認して、ドリッパーを外した。

「まあこんな感じだ」

「すごい、よく分からないけど……絵になってた」

「絵って……ま、ご満足いただけたならなにより」

二つのマグカップにコーヒーを注ぎ、片方を玲に渡す。

「っと、玲はミルクと砂糖入りだよな。ソファーで待ってろ。すぐ持っていくから」

「ううん、今日はこのまま飲む」

「え？」

想像すらしていなかった玲の発言を受け、思わず聞き返してしまう。

「凛太郎《りんたろう》がこだわって淹れてくれたコーヒーだから、これからは味を変えたくない」

そう言いながら、玲はマグカップを大事そうに抱えた。

玲の気持ちは嬉《うれ》しい。

ただ、俺の望みは玲の思っていることとは違っていた。

「……確かに俺はコーヒーの淹れ方にこだわりを持ってるけど、それを人に押し付ける気はねぇよ」

俺がコーヒーを自分で淹れるのは、ただそうしている自分が好きだから。

プロから見れば、俺の淹れ方なんて当然お粗末だろうし、そもそも間違ったこだわりを持っている可能性だってある。

何度も言うようだが、コーヒーを淹れることはただの趣味だ。

その程度のこだわりしか持っていないのに、他人へ飲み方を強要するような真似《まね》は、俺にはできない。

「俺だって味の好みはあれど、豆の種類がどうのとか、味だの風味だの、全然理解してないしな。むしろブラックのまま無理して飲んで、お前がコーヒーを嫌いになる方が悲しい」

「……」

玲は手の中のコーヒーと俺の顔を見比べる。

そして少しほっとした様子で、笑みを浮かべた。

「……ありがとう、凛太郎。実はブラックで飲むのは少し辛かった」

「知ってるよ。ほら、いつものやつ持ってってやるから」

「分かった」

ソファーへと戻っていく玲を見送り、俺はミルクと砂糖を用意する。

相手を気遣うことは大切だが、気遣いすぎて縮こまってしまうこともよろしくない。

気遣いつつも、言いたいことはちゃんと言う。

俺たちは、そんな心地のいい距離感を保てている気がしていた。

(ちょっと前まで、他人のことを考えている暇すらなかったのにな)

自分の変わりっぷりに、自分でおかしくなる。

思えば、俺はずっと自分のことが嫌いだったのだろう。

嫌悪感ばかり主張して、人に歩み寄ろうとすらしなかった。

勝手に自分の運命を呪って、もがくことすら諦めた。

そんな奴《やつ》、嫌いになるに決まってる。

今更だったとしても、馬鹿にされたとしても、俺は今の自分を少しだけマシだと感じるのだ。

この先もっと自分を大事に思えるようになれば、もっと人にも優しくできるようになる——気がする。……なったらいいな。

そんな願いを抱えながら、俺はマグカップとミルクたちを持って、キッチンを離れた。

「……おはよう、ちょっと長く寝すぎちゃったかな」

玲と談笑していると、そんな言葉と共にミアがリビングへ入ってきた。

彼女の言う通り長く寝すぎたせいか、珍しく髪型が少し乱れている。

だらしないとは言わないが、余裕がなさそうなミアの姿はなんだか新鮮だった。

「早起きして凛太郎君と二人きりの時間を過ごすのは、ボクの特権だと思ってたんだけどね」

「駄目、独り占めはさせない」

起きて早々、何故《なぜ》か玲とミアが睨《にら》み合っている。

仲はいいはずなのに、たまにこうしてバチバチに敵意を向け合うのは何故なのだろうか。

「ミア、あんまり俺や玲をからかうなよ。それよりコーヒー飲むか？」

「今となってはからかってるわけじゃないんだけど……まあいいや。うん、もらうよ」

「りょーかい」

ソファーから立ち上がった俺は、さっき淹れてから保温しておいたコーヒーをマグカップに注ぐ。

ふと気になって玲たちの方を見ると、二人はすでに普通に談笑を楽しんでいた。

たまに険悪な雰囲気になるが、結局はこれが彼女らの素の姿。

これが分かっているから、特に心配せずに見ていられる。

「さっき凛太郎がコーヒー淹れてるところ見せてくれた」

「えー、いいなぁレイばっかり。ボクも次早起きしたら見せてもらおっと」

「……私も明日から早起きする。やっぱり独り占めはさせない」

「ふーん？　レイにできるかな？」

……険悪じゃないよな？

「――――そうだ、凛太郎君」

「ん？」

「来週なんだけど、お弁当をお願いしてもいいかな」

コーヒーを持って戻ってきた俺に、ミアはそんなことを頼んできた。

もちろん用意するのはまったく問題ないのだが……。

「前もって頼んでくるのは珍しいな。なんか食いたいものでもあるのか？」

サポートしていくにあたり、俺はいくつか三人に頼みごとをした。

たとえば、食べたい物があるなら必ず三日前に言ってほしいというもの。

もちろん唐突に希望を伝えることが悪いわけではなく、どうしても食べたい物があれば猶予を持って伝えてくれという話だ。

材料がたくさん必要になる料理は準備に時間がかかるし、時間を捻出する必要もあるかもしれない。

できる限り三人の要望に応えるための、サポート側の願いだ。

ミアに対して珍しいと言ったのは、こうして頼んでくるのは玲《れい》が一番多かったから。

なんなら、実際に頼まれたのはこれが初めてかもしれない。

「うん……というかまあ、ボクの分だけじゃなくて、三人分のお弁当をお願いしたいんだけどね」

「なんだ、全員分か」

「力がつくというか、かなり多めに用意してほしいんだ。その日は丸一日レッスンでね……多分スタミナが足りなくなっちゃうから」

「一日レッスンってことは……もう新曲発表か？」

「ふふっ、その通りだよ」

ミルスタの活動の中に、時たま現れる丸一日レッスン。

そういう時は、大抵新曲の練習が詰め込まれているらしい。

曲と振付が完成してからすぐに練習に取り掛かり、一日かけてすべてを叩《たた》きこむ。

その後も練習自体はあるらしいが、曲自体はその一日で覚えきってしまうと言っていた。

「今回は普段の曲よりもかなり激しい。練習に耐えるためにも、私たちにはカロリーが必要」

「なるほど、分かった。そういうことなら、うんとスタミナがつく弁当を作ってやる」

「ありがとう、凛太郎」

スタミナ弁当か。

そうなると、やはり肉は欠かせないだろう。

結局エネルギーが必要なのだから、多めに用意する必要がある。

次に思いつくのは、やはりニンニク。

しかし相手が女子、しかもアイドルとなると、ニンニクが効きすぎた料理は中々出しにくい。

単純だが、揚げ物にしてみるか。

本当にエネルギー効率を考えるならば悪手なのかもしれないが、玲たちの胃袋を常識で語ってはいけない。

むしろ揚げ物くらいカロリーがないと、一回の食事じゃエネルギー切れを起こしてしまいそうだ。

「わがまま言ってしまってごめんね、凛太郎君」

「いいって。そのわがままを叶《かな》えるのが、俺の仕事だ」

玲とミア、この場にはいないが、カノンも……そして自分にも言い聞かせるようにして、俺は胸を張った。

◇◆◇

玲たちに弁当を頼まれた日は、あっという間に訪れた。

早起きして作り上げた弁当の中身は、大量の唐揚げと、簡単なサラダ。

そしてこれでもかと敷き詰めた白い米。

外見は、昼休みに野球部が食べていた超特盛弁当にかなり近い。

多分だけど、俺がこの弁当を食べ切ろうとすれば、その日一日何もできなくなる覚悟が必要だ。

「彩りはひどいもんだが……」

俺はテーブルの上に並んだ三人分の弁当を見下ろし、頬を掻《か》いた。

血糖値の急上昇を防ぐためにサラダを入れたのだが、申し訳程度でしかない。

ただ、まあ、力はついてくれそうだ。

「さて……どうすっかなぁ」

俺は現実逃避気味に、リビングを見渡す。

朝だが、そこにあいつらの姿はない。

何故ならば、もうすでに彼女たちはスタジオへと向かってしまったからだ。

(仕方ねぇよな……俺たちのミスってわけじゃないし)

苦笑いを浮かべながら、俺は弁当箱に蓋をしていく。

こうして弁当がまだ並んでいることから分かるように、玲たちはこれを持っていくことができなかった。

理由は、ミルスタのマネージャーと新曲の振付師の伝達ミス。

レッスンの開始時間が、一時間ズレてしまっていたらしい。

それによって玲たちは想定していた出発時間を早めることになり、同じく当初の出発時間に合わせて料理を作っていた俺は、弁当を渡すことができなかったというわけである。

『凛太郎、申し訳ないんだけど、あとでお弁当を届けてほしい』

本当に申し訳なさそうな顔をした玲が、出発前にそんなことを言った。

もちろんミアもカノンも、玲と同じように頼んできた。

あいつらは悪くないということは理解しているが、その頼みを受けるべきかどうか迷ったのは事実。

初めて届けに行った時と違って、今回はマネージャーや振付師と鉢合わせする可能性があるからだ。

リスクを考えて、あいつらは俺という存在のことを誰にも話していないはず。

そんないるはずのない人間が、弁当を届けに来ましたとスタジオに現れたら、一部でパニックが起きる可能性もある。

一応、前にクラスメイトの二階堂《にかいどう》に対して使った親戚作戦でごり押しすることも考えたが、それもどこまで通用するものか——。

（ただ、なぁ……）

この弁当、おそらく明日までは持たない。

冷蔵庫に入れておけば悪くならずに済むかもしれないが、おかずの箱と米の箱が三人分で二つずつ、計六箱はさすがに入りそうになかった。

夜は事務所関係者との会食があるらしく、昼を逃せば、今日中にこれを食べ切ることは不可能と言っていい。

しかし食べずに処分は一番論外だ。

体調が悪いわけでもないのに、この量の飯を無駄にするのは天地がひっくり返ってもあり得ない。

となると、やはり取れる選択肢は一つだけ。

「……やるか、親戚作戦」

俺は諦めのため息を一つこぼし、弁当箱がすべて入るリュックを持ってきた。

昼休憩の時間に合わせ、ここにある弁当を届けに行く。

それが今の俺にできる、唯一のことだと思うから。


玲たちに弁当を届けに行く旨を伝え、俺は昼時に到着するよう早めに家を出た。

俺の実家からファンタジスタ芸能の事務所までは、電車で四駅ほど。

実は前に住んでいたところから遠くなってしまっているのだが、その点について玲たちは特段気にしている様子はなかった。

実際こうして向かってみると、あまり苦労は感じない。

まあ、そもそもあいつらは車での移動が多く、最初から家の場所は優先度が低かったのかもしれないが。

休日の昼間ということもあり、それなりに人気《ひとけ》がある中、俺はファンタジスタ芸能の最寄り駅へとたどり着く。

そして駅からしばらく歩くと、すぐにその存在感あふれる巨大なビルが目に入ってきた。

「相変わらずでかいな……」

上まで見ようとすると、首が痛くなりそうだ。

これがすべて芸能事務所のビルだというのだから、思わず笑いそうになる。

前はここで住む世界が違うことを痛感させられたっけな。

なんとなく懐かしさに浸りながら、俺はビルに足を踏み入れた。

「何か御用でしょうか？」

「えっと……ダンススタジオ一〇二に用があるんですけど、一応十二時から志藤《しどう》でアポがあると思うんですが……」

受付にいた女性に対し、そう答える。

すると女性は近くのモニターで何かを確認して、俺に笑顔を向けた。

「十二時にお約束している志藤様ですね。こちら確認できましたので、向こうに見えますエレベーターから二十階に上がっていただき、ダンススタジオ一〇二までお願いいたします」

「分かりました」

言われた通りにエレベーターに乗り、指定の階へ。

業界人と思われる人と中で鉢合わせし、少々気まずい思いなんかもしながら、俺は二十階で降りた。

「ここだな」

一〇二と書かれたスタジオの前で、俺は足を止めた。

まずは特に遅れることもなく到着できたことに安堵《あんど》する。

前とは違う場所のスタジオということで、無事にたどり着けるか少し不安だったのだ。

「……失礼します」

俺はノックと共にスタジオの扉を開く。

――後で気づいたことだが、全スタジオ防音仕様だからノックって意味なかったよな。思い出してちょっと恥ずかしい。

「ミ、ミ、ミアの親戚の者ですけど、お弁当を届けに来ました」

スタジオに入りながら、俺は中にいるであろう人たちに向けてそう言った。

ミアの親戚ということにしたのは、外見的特徴の問題である。

海外の血によって派手な金髪を持つ玲より、黒髪のミアと繋《つな》がりがあると伝えた方が、幾分か信じてもらえるのではないかと考えた。

気休めでも、確率は高い方がいい。

「それどういうことよッ!?」

しかし、そんな俺の言葉は一切届いている様子はなく、部屋を揺らすのではないかと思うほどの怒号が聞こえてきた。

広いスタジオの中で声の聞こえてきた方を見ると、そこには玲《れい》たちの姿がある。

どうやら今の声はカノンが発したものだったようだ。

それとどういうわけか、室内に大人の姿がない。

昼休憩でどこかに移動しているのだろうか？

確認できるのは、ミルスタの三人と、もう二人。

「せやから、譲ってくれへんかってゆーてるんですわ。武道館ライブの権利を」

その二人のうち、片方がカノンにそう返した。

武道館ライブの権利なんて言葉が聞こえてきて、俺は思わず彼女たちのもとへ歩み寄る。

「お前ら、どうしたんだ……？」

「あ、凛太郎《りんたろう》」

俺に気づいた三人が、こちらに振り返る。

玲はいつも通りの顔をしているが、激怒している様子のカノン、ひどく困った顔をしているミアの様子を見る限り、異常事態であることは間違いなさそうだ。

「突然乗り込んできたと思ったら、こいつらがいきなり喧嘩《けんか》吹っ掛けてきたのよ！」

「こいつらって……」

だだっ広いスタジオのせいでよく見えていなかったが、近づいたことでようやく他の二人の顔を認識することができた。

そして俺は驚く。

その二人の顔が、俺でも知っているレベルの超有名人だったから。

「チョコレート・ツインズ!?」

動画サイトから一躍有名人になり、今では飛ぶ鳥を落とす勢いで活躍中の二人組アイドルユニット――――それがチョコレート・ツインズ、通称ツインズだ。

同じアイドルであり、ミルスタのライバルであるはずの彼女らが、どういうわけだかここにいる。

「ん？　あらま、ひょっとしてこの前のおにいさん？」

「え？」

ツインズのうち、白色担当のシロナの方が、俺に向かって話しかけてきた。

本当に染めているのかと疑いたくなるくらいに透き通った白色の髪。

それと抜群のスタイルと容姿を持つ彼女は、何故《なぜ》か俺と面識があるらしい。

「ほら、ウチですよ、ウチ。ミルスタのライブ会場でぶつかったやろ？　覚えてへん？」

「……あ！」

会場でぶつかって、連絡先を聞いてきた関西弁の少女。

その外見と、目の前にいるシロナの外見がうっすらと重なる。

「マジかよ……あんたツインズだったのか」

「奇遇やなぁ。そういうおにいさんはどうしてこんなところに?」

「え? あ、ああ……こいつらに弁当を頼まれて」

「ふーん? ミルスタの三人と仲ええんや」

「そ、そういうわけじゃない。俺はミアの親戚だから、協力しているだけだ」

「へぇ、ミアちゃんのねぇ」

シロナは目を細めてミアの方を見る。

「そう、彼はただのサポーターさ。それよりも、ボクらから武道館ライブの権利を奪うって話、もう少し詳しく聞かせてくれないかな」

「権利を奪う……?」

驚く俺に対し、ミアが目配せする。

ここは変にボロが出る前に一度下がれという意味らしい。

話の流れ的に、ミアはツインズに対し何も弱みを見せたくないのだろう。

素直に頷《うなず》いた俺は、三人の後ろについた。

「詳しくも何も、そのまんまですわ。ウチら、武道館ライブがやりたいねん。だからあんたらの武道館ライブを、ウチらに譲ってほしいゆーてはりますやん」

「そんな風に言われても、こっちは納得できない。ボクらからわざわざ奪おうとするのは何故? 武道館でライブしたいのなら、事務所と一緒に会場側に話を通せばいい」

「はははは っ！　天下のミルフィーユスターズともあろうもんが、おもろないこと言うなぁ！」

「面白くない？」

「ま、正味武道館ライブなんて別にどーでもええんですわ。ウチがホンマにやりたいのは、あんたらとの〝戦争〟。ミルスタとツインズはどっちが上なんか、はっきりさせるための激熱勝負や。それができんねやったら、理由なんてなんぼでも持ってきたるわ」

シロナは心の底から楽しそうに笑っている。

俺はそんな彼女に対して、軽い寒気を覚えた。

底が知れないというか、得体が知れないというか。

いずれにせよ、この女は蹴落とすか蹴落とされるかの勝負を好ましく思うタイプ。

言動から察するに、何よりも争うことを目的にしているようだ。

武道館に立ちたいという明確な目標を掲げる玲とは、まったく違う。

バーサーカーってやつなのか？　こいつは。

「せや、おにいさんはミルスタのサポーターってことやったよね？」

シロナは、目を輝かせながら突然俺に話しかけてきた。

「……ああ、そうだけど」

「ほならこういうのはどうや？　ウチらがミルスタとの勝負で勝ったら、おにいさんにはウチらのサポーターになってもらうっていうのは」

「はぁ?」

「わざわざスタジオまで届けにくるなんて、この人らがおにいさんの弁当を求めてる証拠やろ。きっとめっちゃ美味《おい》しいんやろなぁ……ますますおにいさんのこと気に入ったわぁ」

そう言いながら、シロナは体ごと俺の腕に絡みついてきた。

甘い香りと、彼女の柔らかな体が俺の五感を激しく刺激する。

「――――凜太郎から離れて」

しかしそれと同時に、今まで聞いたこともないような冷たい声が、玲の口から聞こえてきた。

玲が俺とシロナを無理やり引き剝がす。

その様子に少し驚いた顔をしたシロナだったが、すぐに今まで通りの笑みを浮かべた。

「……あれま、あんたが一番怒った顔をするとは。血も涙もないのかと思てましたわ」

「凜太郎は絶対に渡さない。だから諦めて」

「そんなん言われたら余計に欲しくなってまうなぁ……ウチ、欲しいモノが他人のモノやった時の方が燃えんねん」

玲とシロナの間で火花が散る。

ここで玲が俺のことを大事に想《おも》ってくれているのは嬉《うれ》しい限りだが、今は少々状況が悪

い。

特に目の前にいるそいつは、おそらく本当に他人のモノを奪うことで快楽を得られるタイプ。

ここで言い返せば、奴《やつ》はこれまで以上にヒートアップしてしまう。

「……りんたろーを奪おうって話なら、あたしもさすがに黙ってないわよ」

「同感だね。凛太郎君はボクらに必要な人だ。手を出そうっていうなら、全力で抵抗するよ」

俺は頭を抱えそうになる。

嬉しい言葉ばかりだが、ここでムキになってしまうのはよくない。

ここは白けさせるのがベスト。

ミルスタに喧嘩を売っても面白くないという風に認識させることが必要だ。

「ほんまに必要とされてるんやな、おにいさん。そんなおにいさんを奪えたらと思うと、ゾクゾクしてまうわ」

恍惚《こうこつ》とした表情を浮かべるシロナ。

正直俺はその顔を見てマジでビビったが、玲たちは臆することなく彼女の前に立ち塞がる。

「まあ、ええですわ。今日のところは挨拶に来ただけやし」

そう言いながら、シロナは肩を竦《すく》める。

「ミルスタの皆さん、ウチらのこと忘れんでな。あんたらは必ずウチらと争うことになる。どれだけ嫌々ゆーてもな」

「……どういう意味かな」

「それはそん時のお楽しみや。ま、臆病もんのあんたらじゃ、その前にしっぽ巻いて逃げ出してしまうかもしれんけどなぁ」

ミアの眉間にしわが寄る。

この言い方、この先何かが起きることを分かっている様子だ。

こっちはそれが分からない。

故に、何も言い返せない。

「帰るで、クロ。もうこの事務所さんへの用は済んだ」

「うん」

クロメを連れてスタジオの出口へと歩き出したシロナは、その途中で振り返る。

「せやせや、忘れるところやったわ。おにいさん、連絡先交換しましょ」

「……そうだな、約束だったもんな」

再会したら連絡先を交換する。

あり得ないと思っていたが故の約束が、まさかこんな形で果たされることになろうとは……。

「覚えててくれて嬉しいわぁ。約束を守れる男は好きやで」

俺は仕方なくシロナと連絡先を交換する。

どうやらプライベートのアカウントで交換したようで、メッセージアプリに表示されている名前は、狐塚白那《こづかしろな》と表示されていた。

「がっつり本名かよ……」

「おにいさんとはプライベートでも付き合《お》うていきたいと思とるさかい。本名を隠すなんて、一線引いてるみたいでおもろないわ。なあ、〝しどうりんたろう〟くん？」

にやにやしながら、シロナは俺のアカウント名を読み上げた。

俺はここで、妙な危機感を覚える。

まるで大きな弱みを握られてしまったかのような——そんな感覚だった。

「ではでは、お時間いただきどうもおおきに。ほな、また」

その言葉を最後に、チョコレート・ツインズの二人はスタジオから出て行った。

残された俺たちの空気は、やや重い。

「凛太郎君、君はあの二人と面識があったのかい？」

ミアに問われ、俺は小さくため息をついた。

そりゃ聞かれることは分かっていたし、答えないわけにもいかない。

「まあ、な。お前らのハロウィンライブの時に、観客席でぶつかったんだよ。そこで変に目を付けられちまったみたいでな……」

「なるほどね。偵察にでも来てたのかな」

十中八九そうだろう。

こうして喧嘩《けんか》を売ってきたということは、少なくともミルスタのことをライバルとは認識しているはずだし。

観客として会場にいたのも、宣戦布告する前の偵察と言われれば納得がいく。

「それにしても……！　理由はどうでもいいとか、あいつらマジでふざけてるわ！　武道館もりんたろーも、賭けに使うようなもんじゃないっての！」

「心の底から同意するよ。たとえ争うことになっても、その二つを賭けることだけはあり得ないね」

当然だが、カノンとミアの機嫌はかなり悪そうだ。

玲《れい》はどうだろう。

俺は彼女の様子が気になり、目を向ける。

するとそこには、やたらと闘争心を剝《む》き出《だ》しにしている玲がいた。

「れ、玲？」

「……凛太郎《りんたろう》も、武道館も、賭けることのできないとても大事なもの。だけど……馬鹿にされて、ちょっと悔しい」

その言葉を聞いて、俺はハッとさせられる。

まさかあの玲が闘志を燃やすことがあるなんて、考えもしなかった。

乙咲《おとさき》玲としてではなく、ミルフィーユスターズのレイとしてのプライドが、大きく刺激されたのかもしれない。

「それに関しては……そうね。臆病者とまで言われたら、さすがにムカッとくるっていうか……っていうか！　めっちゃムカつく！」

「挑発と分かっていても、悔しいものは悔しいよね。仮にシロナの言った通り本当に何かしらの勝負ごとに巻き込まれたとして、そこでしっぽを巻いて逃げ出したら、ボクらは多分この世界でやっていくためのプライドをへし折られるよ」

「何かを賭けるなんてしゃらくさい真似《まね》はさせないわ……！　こうなったら正々堂々、どんな勝負でも受けてやろうじゃない」

三人が三人とも、激しい闘志を目に宿している。

やる気があるのは大変結構だが、これでいいのだろうか。

第一、世間の人気ではミルスタの方が勝っているのだから、その時点で相手にする必要もないんじゃ――――。

（……いや、そんな風に思う時点で、俺が一番勝敗に囚《とら》われてるのか）

ミルスタの方が上。本当にそう認識しているのであれば、あいつらの発言なんて全部無視して、普段通り余裕を持った態度を見せておけばいい。

しかし実際には、そう言い切れないくらいツインズの勢いが凄《すさ》まじいのだ。

どちらのパフォーマンスの方が優れているのか、どちらの方が人気なのか、この場にいる全員が気になってしまっている。

「上等じゃない……武道館ライブが決まって気合を入れなおしたとはいえ、最近中弛《なかだる》みを感じてたのよね」

カノンが拳を鳴らす。

玲もミアも、意見は同じなようだ。

「打倒チョコレート・ツインズ！　そのためにもりんたろーのお弁当を食べて、これまで以上に自分たちを追い込むわよ！」

「うん」

「ん……！」

カノンの声に合わせて、三人は天井に向かって拳を掲げる。

「ほら、りんたろー！　あんたも！」

「お、俺もか？」

「あんただってあたしたちの大事な仲間でしょ！　一緒にやるのよ！」

「……分かったよ」

こんなすごい奴らに仲間と言われて、年甲斐《としがい》もなく心が躍ってしまう。

そこまで言われちゃ仕方ない。

俺も三人と同じように、拳を持ち上げることにした。

ミルフィーユスターズの専属サポーターになった俺だが、平日はもちろん普通に学校へ行く。

玲がいくら仕事で学校を休もうとも、あくまで一般人である俺が休むわけにもいかないわけで。

まあ別に休みたいとも思っていないしな。

というわけで、チョコレート・ツインズの襲撃から数日後の平日。

俺はいつも通り授業を受け終わり、帰りの支度をしていた。

「ふあ……」

「大きなあくびだね、凛太郎」

雪緒《ゆきお》に声をかけられ、俺は思わず口を閉じる。

「ああ、悪い。みっともなかったな」

「僕は気にしないけど……なんか疲れてる？」

「いや、んー……別にそういうわけじゃねぇと思うけど」

テーブルで寝落ちして以来、なんだか妙に眠い。

まあ新生活で多少忙しくなったことが理由なんだろうが、いずれ慣れることだろう。

それまでの辛抱だ。

「ふーん……？　凛太郎、今日は真《ま》っ直《す》ぐ帰る？」

「ああ、そのつもりだ」

いつも通り雪緒と帰るべく、俺は教材の入ったカバンを背負った。

それと同時に、教室の端で集まっていた男子たちから歓声が上がる。

「さっき上がったツインズの動画やばくね？」

「それな！　マジでダンスがキレッキレでビビったわ！」

ツインズという言葉で、思わず意識がそっちへ持っていかれる。

どうやら昼頃にツインズのアカウントで新曲が上がったらしい。

「最近ますます精力的に活動してるね、ツインズ」

「……ああ、そうみたいだな」

「……？　どうしたの？　凛太郎」

「いや、その、ツインズに関してはちょっと色々あって」

きょとんとしている雪緒の顔を見て、俺は考えた。

こいつはミルスタと俺の関係を知っている。

その上で、俺の支えになってくれようとしている。

これまでも雪緒の意見で度々難を逃れてきた。

シロナの言っていた戦いとやらは始まっていないが、先に事情を話しておくべきかもしれない。

「すまん、この後ファミレスでも寄っていかねぇか？」

ツインズとの一件を話すべく、俺はそうして雪緒を誘った。


「ツインズ側から宣戦布告!?」

「ああ、それも事務所まで乗り込んできて、堂々と正面からな」

「度胸があるというか……やんちゃというか……破天荒だね、ツインズって」

「俺もそう思うよ」

ファミレスへと移動した俺は、雪緒にツインズが乗り込んできた件の一部始終を伝えた。

実際、ツインズ――――いや、シロナはだいぶ破天荒な存在と言える。

ミルスタとツインズは別の芸能事務所に所属しており、もちろん親会社だの子会社だのと繋《つな》がりもない。

それなのにあいつらは堂々とスタジオまで乗り込んできて、喧嘩まで売って帰っていったのだ。

あの場に大人がいなかったからいいものを、もしスタッフにでも見られようものなら問題になっていたんじゃなかろうか。

「……これは僕の勝手な予想なんだけど、シロナはスタジオに大人がいないことも分かってたんじゃないかな」

「分かってた？」

「動画サイトでのアカウントの運営の仕方とか見てると、シロナは頭を使って人気を取りにいくタイプな気がするんだよね」

雪緒に言われて動画サイトを見てみると、ツインズのアカウントは投稿時間や投稿間隔を一定にキープしており、曲以外の日常的な企画動画も、きちんと流行《はや》りを押さえていたりサムネイルも凝っていたりと、再生数が伸びるような工夫がなされているように見えた。

人気が爆発した後も更新頻度は変わっておらず、動画のクオリティも変わっていない。

いや、むしろよくなっているとすら思える。

身も蓋もない言い方をするならば、資金力がついたからそうなっているのかもしれない。

「多分、企画やシナリオを考えているのは全部シロナなんだろうね。クロメの方は、それについていっているだけって感じがする。……こう言うと角が立つか。シロナがクロメをコントロールしてる……のかもね」

「ああ、おそらくそうだ」

実際に会ってみて、俺もまったく同じことを思った。

ただクロメに対して思うことで少し違う点がある。

あいつはただコントロールされているわけではなく、シロナに対して異常なまでに執着している。

ただの飼い犬ではなく、忠犬や番犬というイメージだ。

ライブ会場での噛《か》みつきっぷりを思い出すたびに、あの鋭い目つきばかりが浮かんでくる。

「まあマネージャーとかプロデューサーがブレインとして参加してる可能性もあるけどね……でも凛太郎も同じ印象なら、あながち間違ってないのかな」

「……にしてもお前、よくそこまでツインズのことを知ってるな。意外とファンだったりするのか？」

「ファンってわけじゃ……うーん……これを言うとちょっと恥ずかしいんだけど」

雪緒は照れくさそうに頬を掻《か》く。

そして自分のカバンに手を伸ばすと、そこから一冊のノートを取り出した。

「ミルスタやツインズ、他にも人気のアイドルとかアーティストの活動をできる限り追ってるんだ。イベントとかコンサートには行けないから、ネットでアクセスできる範囲でしか調べられてないけど……あ、もちろん学業を疎《おろそ》かにしてるとか、そこまでのことはしてないよ」

テーブルの上に広げられたノートには、いろんなアーティストのＳＮＳの運営方法や、流行りの曲調などが個人のイメージの範囲で細かくまとめてあった。

専門知識を持たないなりに、一般ユーザーの目線で分析しているらしい。

「お前これ……いつの間に？」

「凛太郎《りんたろう》に呼ばれて、ミルスタの三人と会った日からかな。正直彼女たちと僕はほとんど関係ないけれど、凛太郎が彼女たちのために頑張っているのを見て、君の助けになれることをしたいって思ったんだ」

そう言って、雪緒は笑った。

なんだこいつ。天使か何かですか？

「お前が男子でよかったよ。女子なら間違いなくとっくの昔に惚《ほ》れてた」

「なっ……何を言うんだよ！　凛太郎！」

「ははは！　冗談冗談」

「もう……！」

何故《なぜ》か雪緒は拗《す》ねた様子でそっぽを向いてしまう。

そんなにからかったつもりもなかったんだが――。

「……まあいいや。少なくとも、ミルスタは厄介な相手に目をつけられたって話だよね」

「ああ……ったく、めんどくせぇ」

俺はドリンクバーのアイスコーヒーを口に含んだ。

あの三人がどう思っているかは分からないが、俺はこの状況を到底いいものとは思えない。

考えようによっては、お互いの知名度を利用し合ってさらなる飛躍が期待できる状況なのかもしれない。

しかしながら、もうそれによって期待できる成果より、リスクの方が高く思えるのだ。

なにしろ夢の武道館ライブを控えているわけで……。

よほどのことがない限り中止になるなんてことはないと思うが、危険にわざわざ飛び込む必要もないと思うのだ。

向こうはこちらの事情なんてお構いなしなのだから——。

「とにかく、何か情報が必要ならできる限り僕の方で集めてみるよ。そういうのまとめるの好きだし、僕なりに協力もしたいしね」

「本当に助かる。俺はどうにもそういうのは苦手だし、玲《れい》たちも本来の仕事で忙しすぎてな……」

「うん、任せて」

胸を張る親友の姿は、とにかく頼もしく映った。

それから新しい家での近況なんかを話していると、いつの間にかいい時間になってしまった。

冬が近づいていることもあり、夕方でも外はかなり暗い。

「そろそろ帰ろうか」

「ああ。夕食の準備もしないといけねぇし……ん？」

会計に向かおうとした時、俺のスマホに玲からメッセージが届いた。

玲のメッセージが投稿されたのは、あの三人と俺のグループチャット。

「どうしたの？」

「いや、なんかあいつらが夜に会議するみたいなことを……」

「会議？」

「多分ツインズの件だろうな。純粋な仕事の話し合いなら、俺はいつも同席しないし」

だからこそ、少し嫌な予感がする。

会計を済ませて雪緒と解散した俺は、そのまま真っ直ぐ帰宅することにした。

◇◆◇

「おかえり、凛太郎」

「ああ、ただいま……って、もう全員集まってんのか」

家に戻ってきた俺は、リビングに三人が揃《そろ》っているのを見て驚いた。

「今日は雑誌の撮影で遅くなるとか言ってなかったか？」

「トラブルがあって、撮影はリスケしてもらったのよ。それで今日はほとんど会議だったわ」

「一体……何があったんだ？」

俺がそう問いかけると、三人の顔が険しくなる。

その中で言いにくそうにしながらも、答えてくれたのはミアだった。

「チョコレート・ツインズの方から、正式にオファーがあったんだよ。ミルフィーユスターズとチョコレート・ツインズの二つのユニットによる、人気投票対決って企画のね」

「人気投票対決……？」

「ファンたちにどちらのユニットを応援したいか選んでもらって、投票数が多い方が勝ち。期間は十一月半ばから一週間。その間に投票してもらう――って話みたいだよ」

一週間での人気投票勝負か。

それならミルスタの方に軍配が上がるのではないかと、俺は思う。

ツインズも爆発的に売れているとはいえ、ミルスタにはまだまだ敵《かな》わないはず。

ミルスタの売れ方は、本当に桁違いなのだ。

歴代でも類を見ないブームを前にして、専門家が分析しようとしているとも聞く。

まさに時の人。

正面からやりあったところで、ミルスタが負けるとは思えない。

「りんたろー、今あんた、あたしたちが負けるはずないって思ってるでしょ」

「え？　あ、ああ……そうだけど」

「あたしもそう思ってるわ。でも結局それは、メディア全体を舞台として戦った場合の話よ」

「……それの何が悪いんだ？　メディア全体が舞台になって勝てるなら、他にはいらねぇだろ」

「そうね。でも、ある限定的な場所では、あいつらはあたしらの人気を凌《しの》ぐ」

「……まさか」

カノンは、納得いかないといった様子でため息をつく。

そして自分のスマホで、とあるアプリを開いた。

「ミーチューブ……あいつらが投票の場に指定したのは、自分たちの本拠地とも言えるこのサイトのアンケート機能よ」

ミーチューブとは、全世界でもっともポピュラーである超大型動画配信サイトのこと。

多くのインフルエンサーを生み出したこのサイトで、ツインズは多大な人気を得ている。

元々ここ出身ということもあるだろうが、メジャーデビューした今でも活動を止《や》めていないのが人気の秘訣《ひけつ》と思われる。

「残念ながら、ボクらはインターネットでの活動にはてんで力を入れていなくてね。もちろん楽曲なんかはサイト上にあったりするんだけど、ボクら自身が動画をアップしたことは一度もないんだ」

「……なるほどな」

一言でいうなら、超絶敵地ってことだ。

ただ今時ミーチューブを見ない人の方が少ないだろうし、ミルスタのファンだって間違いなくサイトを見ているはず。

それなら票だって入れてくれるに違いない。

しかし結成から現在に至るまでミーチューブで精力的に活動しているツインズは、いわゆる信者レベルのファンをサイトの中でたくさん抱えている。

何か情報が投稿されればすぐに反応するだろうし、全員必ずツインズに票を入れるだろう。

それでも圧勝されるなんてことにはならないだろうが――どうだろう、勝てると言い切ることもできない。

「互角か、あたしらの僅差負け……それが今のところの分析よ」

「……それが分かってるなら、そもそも勝負を受けないとか、投票方法を変えてもらうとかできないのか？」

「残念ながら、うちらの事務所の上がこの話に乗り気なの。っていうか、向こうの事務所から変に挑発されたみたいでね……引くに引けなくなったらしいわ」

「意外と喧嘩《けんか》っ早《ぱや》いのな……どっちも」

「舐《な》められたら仕事持っていかれちゃうしね。投票方法を変えるって話は、今交渉中よ。……でもまあ、あんまり期待できないけど」

「なんでだよ？」

「投票の舞台を変えれば、あたしたちが百パーセント勝つからよ。分かりきった勝負じゃ人の心は動かせない……それに事務所の上の連中は、ミーチューブでもあたしたちが圧勝すると思ってる。信頼してくれるのはありがたいけど、もう少し分析してほしいもんだわ」

カノンは呆《あき》れた様子でそう言った。

要はファンタジスタ芸能側も乗り気なせいで、不利な勝負を飲まざるを得なくなったということらしい。

それじゃ味方なのか敵なのか分からない。

「まあすべてスタッフが悪いって話ではないさ。ボクらだって、本気で嫌だったら断ることもできるんだし……でもそれだと悔しすぎるから、強く拒まないだけだからね」

「それが一番厄介なの！　ここで断ったら一生逃げたとか言われそうだし……武道館ライブの前に変な汚名がつくのはごめんだわ」

気持ちの問題と言われれば、それまで。

しかし俺ですら、そのモヤモヤした気持ちは理解できる。

断れば、その時点で嫌な記憶を背負うことになる。

だとしたら、負けのことも視野に入れつつ、立ち向かう他ない。

「ボクらが何も失わず今の状況を乗り越えるためには、ミーチューブ上でツインズの人気を超えるしかないってわけだ」

「難しいこと言ってくれるじゃない……」

ミーチューブ上でツインズの人気を超える。

それは地上波でミルスタよりも注目されるようになれと言われることに近い。

「じゃあ……私たちもやる？　ミーチューブ」

ミアとカノンが、玲の方を見る。

「……そうだね。それしかないか」

「このまま何もしないよりはマシよね」

まだ投票期間までには時間がある。

確かに今のうちからミーチューブでの活動を始めておけば、少しは差が埋まりやすいかもしれない。

やらないという選択肢はなさそうだ。

しかし、俺の中に一つの不安が生まれる。

「ミーチューブで活動するって話は理解したけど、お前ら時間は大丈夫なのか？　しばらく忙しいって言ってなかったか？」

動画を投稿するためには、まず収録して、編集する必要があるわけで。

クオリティを気にしないのであれば隙間時間でも投稿くらいはできるかもしれないが、ツインズよりも注目されることを目標とするなら、その程度では不十分なはず。

「そうなのよね……編集に関しては事務所のスタッフにお願いすればいいかもしれないけど、まず収録してる時間が……ない？」

「？　どうしたんだい？　カノン」

「いや……今撮ればよくない？」

カノンの言葉に、ミアと玲はハッとした様子を見せる。

「こうして家で集まって話せる時間があるんだから、この家にいる間に撮っちゃえばよくない？」

「……確かにそうだね。ボクらのこれまでの活動からして、プライベートに注目した方が見てくれそうだし、その内容なら時間を無理やり確保しなくて済む」

「モーニングルーティーンとか、ナイトルーティーンって需要あるんじゃないかしら？ちょっと恥ずかしいけど、需要があるならやれるわ！」

ミアとカノンの話す内容は、かなり理に適《かな》っていると感じた。

未成年は遅くまで働かせられないという理由で、三人は遅くとも日付が変わる前には帰ってくる。

その後は普通に休んでいることが多いのだが、カノンたちはその時間を利用しようと言っているわけだ。

「あ、っていうかこの家って撮影NGだったりする？」

「NGってことはねぇけど、俺の私物とかは映らねぇようにしてくれよ。絶対変な奴《やつ》らに突っつかれるから」

「それはこっちで気を付けるから大丈夫よ」

「なら撮影に使う分には問題ねぇよ」

一応親父《おやじ》に確認を取るつもりではあるが、おそらく止められることはないはずだ。

家の中が映っても、もう十何年とここに人を招いたことがないわけで、中身自体を知っている人はほとんどいない。

つまり特定に繋《つな》がる物が限りなく少ないということだ。

「よし、じゃあ撮影機材を借りられないか、さっそく明日事務所に話してみるわ！　それから撮影が始まる前に、一人一つは企画を考えておくこと！」

「え、俺もか？」

「あんたも仲間なんだから、当然でしょ？」

「……分かったよ」

これで方針は固まった。

何故《なぜ》か俺の仕事も増えたわけだが……まあ、三人の役に立つのであれば、些細《ささい》な問題である。


ミーチューブに力を入れると決めた日の深夜。

ツインズとの対決のことを考えてしまって寝つきが悪くなった俺は、特にきっかけもなくベッドの上で目を覚ました。

時刻はまだ午前二時といったところ。

二度寝はするとしても、この変にそわそわしている心を落ち着けないことには、またすぐに目を覚ましてしまう気がする。

「……水でも飲むか」

俺は部屋を出て、リビングへ向かう。

すると消したはずの明かりが、リビングの方から漏れていることに気づいた。

「あ……凛太郎《りんたろう》」

「玲《れい》？　お前何やって……」

リビングのソファーには何故か玲が座っており、その前にある大きなテレビには、ミーチューブにツインズが上げた動画が流れていた。

動画の内容は、〝クロメに激辛ラーメン大食いさせてみた〟というミーチューブらしいものであり、汗だくになりながらラーメンを口に運ぶ彼女たちの姿は、面白おかしく、なんとも目を引く。

「私、ミーチューブなんて全然見たことなかった」

動画の方に視線を戻した玲は、そんな風につぶやいた。

「チョコレート・ツインズのことも、ほとんど知らなかった。だから、少しでもあの人たちのことを知ろうと思って、ここで見てた」

「……なるほどな」

これは玲なりの研究だったらしい。

ここまでただただ突っ走ってきたミルフィーユスターズ。

彼女らの世代にはライバルらしいライバルもおらず、大きな障害にぶつかることなく成長してきた。

本人たち的にはどうだったのかは知らないが、少なくとも俺の目にはそう映っている。

自分たちに敵対してくる存在――――いわばそんな未知の相手に、玲は一体どんな感情を抱いているのだろうか。

「……凛太郎も、この人たちのこと、魅力的だと思う？」

「え？　ぶっ……！」

思わず吹き出しそうになる。

玲に言われて画面を見てみれば、そこには胸元を大きく開けた服を着てアピールしているシロナが映っていた。

どうやら〝男性悩殺ファッション〟とやらを着こなすという企画らしい。

「み、魅力的かって言われても……」

動揺してしまった心を落ち着け、冷静になって動画を見てみる。

美少女二人が、わいわいと楽しみながらいろんな服を着回しているこの動画。

シロナのトークは面白く、クロメのリアクションはとても新鮮。

そこに加わる凝った編集が、さらに動画の魅力を引き上げている。

見ているだけで頬が緩むという話は、まあ、分かる。

「……楽しそうにしてるのは、やっぱり魅力的だよ。こういう活動を楽しめるかどうかっていうのは、才能だと思うから」

好きこそものの上手なれなんて言うように、結局楽しんで何かに取り組む奴に勝てる要素はない。

どういう事情があれ、こいつらは全力でミーチューブを楽しんでいる。

それが魅力的に映らないはずがない。

「私もそう思う。だからさっきみんなで話している時、ちょっとだけ違和感があった」

「違和感？」

「二人とも、ミーチューブをやってみたいって様子じゃなかったから」

「……まあ、そりゃそうだろうな」

ミーチューブに力を入れたいと思っていたら、もっと早く始めようって話が出ているわけで。

今回のように、そうする必要ができたから始める――――そんなモチベーションでも仕方ない。

「うん……でも私は、みんなでミーチューブを楽しみたい」

玲はテレビの画面に視線を戻した。

「義務感でやるなら、多分どうやってもツインズには勝てない。それどころか、まったく伸びないって可能性もある気がする」

「さすがにそれは……」

ない、と言いたいところだったが、あながち否定もできない。

何度も言うが、ミルスタの人気は段違い。

しかし人気にかまけて適当な動画をアップして、手放しで喜ぶほどファンだって単純じゃないはずだ。

「私たちは、ミーチューブを楽しむ必要がある。そのためには、まずミーチューブのことを知って、好きにならないと」

「それで研究ね……」

テーブルの上にはノートが広げられており、動画で気になった部分などが簡単にメモされていた。

本当に簡単に書かれすぎて何が書いてあるかいまいち分からないが、それはいいとして。

このストイックさには、相変わらず感心するほかない。

「でも、さすがに夜更かしはよくないと思うぞ。明日だってあるんだし……って、日付的には今日か」

「ん、それはごめん。もう少し見たらちゃんと寝る」

「……」

こうなった玲に心変わりさせるのは難しい。

どうせ無茶されるのであれば、せめてわずかでも負担を減らしてやるのが俺の役割だ。

「ちょっと待ってろ」

「え？」

俺はきょとんとしている玲を置いて、キッチンへと向かった。

それから材料が揃《そろ》っていることを確認して、台の上に並べていく。

並べた物は、牛乳、ココアパウダー、砂糖、そしてマシュマロ。

この時点でマシュマロココアを作ることは分かってもらえると思う。

冬の気配が濃くなってきた今日この頃。

深夜ともなるとかなり気温が下がり、下手すれば風邪を引く。

そんな時は、体を温める飲み物が一番だ。

「まずはココアパウダーを溶かして……っと」

マグカップにココアパウダーと、少量の水、そして小さじで砂糖を加える。

料理をするようになって初めて知ったことなのだが、実はココアパウダーとインスタントのココアはまったく違うものらしい。

まず、ココアパウダーは全然甘くない。

むしろ苦みの方が強く、いわゆるビターチョコに近い感じ。

だからこうして砂糖を追加しないと、飲めない人もいるはずだ。

むしろ甘味が苦手な人は、砂糖を入れずに飲むことを勧める。

この辺の調節が利くのが、インスタントにはない魅力と言えるだろう。

それから俺は、水で溶いたココアパウダーに牛乳を注いだ。

だまができないように均等に混ぜ合わせ、これでココア自体はほぼ完成。

あとはこれを電子レンジで温めて、最後に玲がおやつ用に買っていたマシュマロを何個か浮かせれば――。

「ほい、マシュマロココアだ。体が温まるし、糖分も摂《と》れるぞ」

「わ……！　ありがとう」

俺からココアを受け取った玲は、そのままちびっと口をつける。

「ふぅ……温かくて、甘くて、ホッとする」

「そりゃよかった。しばらくそのままで楽しんだら、スプーンでマシュマロを溶かしながら飲んでくれ。マシュマロの甘さが広がって、また違った風味になるから」

「分かった」

しばらくココアを楽しんだ後、玲はスプーンを使って表面に浮いていたマシュマロをゆっくり沈める。

するとマシュマロ自体がじわじわ溶け始め、小さくなっていった。

「マシュマロとココアが合わさって、すごく美味《おい》しい……ありがとう、凜太郎」

「むしろこれくらいのことしかできなくて悪いな」

「ううん、むしろ十分すぎる」

そう言ってもらえると、俺も救われる。

カノンやミア、そして玲の努力を想《おも》えば、俺のサポートなんて些細なものだ。

だから俺は、甘えず、油断しないことを心掛ける。

こいつの努力が無駄になってしまわないよう、一緒に戦っている意識を持つ。

まあ……本当にそうできているかは置いといて、これはそういう意識の問題だ。

「……少しは仮眠できるようにしておけよ。徹夜はさすがに肌に悪いぜ」

「ん、分かった。私もカノンに怒られたくない」

「そりゃそうだな」

玲がこんなことをしていると知ったら、おそらくカノンは烈火のごとく怒るに違いない。

こうしている間にも、今まさにカノンが起きてくる可能性があるわけで。

万が一にも怒りの業火に巻き込まれることを避けるべく、そろそろここを離れた方がいいだろう。

「朝早いし、俺は寝るぞ。おやすみ」

「ん、おやすみ、凛太郎」

そんな挨拶を最後に、俺はリビングをあとにした。

# 第五章

## ☆日々のご褒美

I don't want to work for the rest of my life, but my classmates' popular idol get familiar with me.

「よし、じゃあ引き続きミーチューブに向けての会議を始めるわよ！」

次の日の夜、俺たちは再びリビングに集まっていた。

今日は全員学校以外の予定がない日。

つまり昨日よりも時間に余裕がある。

ちなみに夜更かしをしていた玲《れい》だが、案の定授業中に舟を漕《こ》いでいた。

かなり疲れているであろう中で、爆睡しなかったことを褒めてやるべきか。

本人的にはちゃんと反省しているようだから、カノンには黙っておいてやろう。

「カノン、結局機材は借りられそうなのかい？」

「とりあえずＯＫはもらった。ミーチューブ撮影自体は、本業に差し支えない程度であれば大丈夫だって。あ、それと撮影した動画は一旦マネージャーに確認してもらえって言われたわ」

「まあ確認してもらう必要はあるだろうね……結局ボクらはミーチューブ素人なわけだし、映っちゃいけない物にまで意識が向かないかもしれないし」

「機材は、明日この家に届けてもらうことになったわ。準備も必要だし、本格的に撮り始めるのは明後日《あさって》からになりそうね」

そこまでの話を聞いて、俺はふと疑問に思ったことを口に出した。

「そういえば、お前らにも一人一人マネージャーがついてるのか？　その辺の話って全然聞いたことなかったけど……」

「いや、ボクらのマネージャーは一人だけだよ。もちろんヘルプで別の人が入ってくれることはあるけど、基本的にはその人だけで事足りてるね」

「へぇ、敏腕なんだな」

「ボクらの実績のこともあってか、事務所側がかなり優秀な人をつけてくれたんだ。ちょっと変なところもあるけど……職場の中では、一番信頼している人と言っても過言ではないかな」

ミアがそう言うと、玲もカノンも同意するように頷《うなず》いた。

個性的なこいつらをサポートし続けている敏腕マネージャー、か。

気にならないと言ったら嘘《うそ》になるな。

「ふふっ、安心してよ、凛太郎《りんたろう》君」

「は？　何がだよ」

「そのマネージャーは女の人さ。ボクらとしても、近くに君以外の男性を置くことに抵抗があるからね」

からかうような表情を浮かべながら、ミアがずいっと距離を縮めてくる。

「あら？　あらら？　もしかして嫉妬しちゃったのかしら？　りんたろーってば、意外と可愛《かわい》いところもあるじゃない！」

「プライベートのことまで知っている男の人は、凜太郎だけ。だから安心していい」

ニヤニヤしているカノン、そして何故《なぜ》か真剣な表情で言ってくる玲。

こっちは別に嫉妬なんてしてしてないってのに――――。

……いや、してないよな？

「っ！　ええい！　離れろ離れろ！」

腕で三人を制し、距離を取らせる。

「おっとっと……残念、もっとからかいたかったのに」

「関係ないこと聞いて悪かった！　話を続けてくれ！」

これ以上突っ込まれればボロが出る。

ひとまずこの場を凌《しの》ぐべく、俺は会議の先を促した。

「まあ照れ屋なりんたろーは置いといて、話を進めるわよ」

ド突くぞマジで。

「企画、何やるの？」

「そうね……前にもチラッと話した、モーニングルーティーンとナイトルーティーンは撮れると思う。それぞれ一本ずつ撮ったとして、三人だから六本分は確保できるわ」

少しセコイ気がしないでもないが、忙しい中で動画のストックを作るなら、そういうこともしないといけないのだろう。

別に手を抜こうって話をしているわけではないんだし。

「ボクからの企画提案なんだけど、ファッションチェックっていうのはどうかな？　自惚《うぬぼ》れかもしれないけど、普段着が気になるってファンの人もいると思うし」

「普段着ね……悪くないじゃない」

カノンは手元にあるノート、いわゆるネタ帳に、自分のネタとミアが出したネタを書き込む。

聞いている限り、ルーティーン動画、ファッションチェック動画は共に需要のあるネタだと思う。

テレビやライブでは見られない、新鮮な姿が見られるのだ。

熱狂的なファンからも、ライトなファンからしても、興味を惹《ひ》かれることは間違いない。

「レイはどうかな。何か思いついた？」

「私は、大食いをしてみたい」

「お、大食い？」

ミアの目が驚きのあまり丸くなる。

「凜太郎の作ってくれたご飯を、皆で大食いする。凜太郎のご飯もたくさん食べられるし、動画も撮れて、一石二鳥」

「……まさかとは思うけど、あんた、りんたろーの料理をたくさん食べたいだけじゃないわよね」

「…………違う」

「その意味深な間がイエスって言ってる！」

しれっとした態度で目を逸《そ》らす玲を見て、俺は苦笑いを浮かべた。

しかし、大食いというのはいい着眼点なんじゃなかろうか。

なんとなくミーチューブを見ていると、よくお勧めに出てくる気がする。

必ず伸びるとは言い切れないが、伸びる可能性が高いことは間違いない。

「まあ……悪くはないわね、大食い企画。あたしらが想像以上に食べてたら、ファンを驚かせられるかも」

「うん、それは面白そうだ」

面白そう――――。

その言葉を聞いた玲の頬が緩む。

深夜に言っていた通り、玲がもっとも重視する点は、楽しめるかどうか。

カノンとミアが同じ気持ちになれるかどうか心配だったが、どうやらその必要もなさそうだ。

「でも何を大食いすれば盛り上がるかな？　揚げ物とかは引かれてしまう可能性もあるんじゃない？」

「そうね、ファンの皆にも変に心配させることになりかねないわ。主に健康面で」

ごもっともだと思う。

俺はこいつらの胃袋の強さを知っているから、それを見ても何も驚かない。

しかし、普段の食生活を知らない人たちはどうだろう。

(うん、十中八九引くな)

俺はちらりとキッチンの方を見て、苦笑いを浮かべた。

うちの冷蔵庫は、一般的な物と比べてかなり大きい。

そんな特大冷蔵庫の中に、今も所狭しと食材が詰めてある。

ただ、今ある食材ですら、精々一週間分といったところだ。

あれだけの量を一週間で食い尽くす様《さま》は、いくらなんでもイメージとかけ離れすぎている。

おそらく事務所NGが出るはずだ。

「スイーツなら、もっといっぱい食べられるかも」

「いや、あんたの食べたい物の話じゃなくて……まあ揚げ物とかよりはマシかしら？」

大食いできるスイーツか。

ただこいつらの場合、プリンやアイスといった質量が少ない物はほぼ無限に食べられてしまう。

いつか満足するにしても、こちら側の作る労力がえげつないし、材料も足りない。

となると、質量があり腹にたまるであろう物が理想か。

「カノン、いくら大食い企画って銘打っても、カロリーが低いに越したことはないよな？」

「え？　ああ、そうね。間違いなくその方がありがたいわ」

「うーん……」

質量があって、カロリーが低くて、見栄え的にもいいスイーツか。

情けないが、今あるレパートリーではその条件を満たす料理を思いつかない。

いくつか条件に近い物はあれど、すべてを満たすというのは中々に難しい。

しかし、ここでできないというのは俺のプライドが許さなかった。

「……少し時間をくれねぇか？」

俺は三人にそう問いかける。

「玲の大食いに適したスイーツは、俺が必ず見つけて作ってやる。だからこの企画に関しては、俺に任せてみてほしい」

まだ何も見当はついていない。

だけど、何故か漠然とした自信が俺の中にはあった。

「……私は凛太郎に任せる。大食いするなら、やっぱり凛太郎の作った物がいい」

「うん、凛太郎君がやるって言うなら、ボクも任せるべきだと思うよ。君は信頼できる人だからね」

「あたしも異議なしよ。あんたならできるでしょ」

――――思ったよりもプレッシャーをかけられてしまったな。

ただ、まったく嫌な気はしない。

見つけてやろう、最高の大食い用スイーツを。

「じゃあ大食い企画の方はレイと凛太郎君に任せるとして……ルーティーン系の動画はボクとカノンが主軸になって回していく？」

「そうね。でも、その……ちょっと言いづらいんだけど」

「分かってるよ。カノンが朝に弱い件でしょ？」

「うっ……」

寝起きに極端に弱いカノン。

モーニングルーティーンを本気で撮ろうと思えば、あの寝起きの悪さは致命的だ。

しかし他の二人のルーティーンを撮影するなら、カノンの映像も必須になる。

一人だけ投稿されないとなれば、カノン推しの人は悲しみ、疑《うたぐ》り深い人は何かあるのではないかと探ろうとする。

面倒くさい話になることは、まず間違いない。

「……でもまあ、脚色を加えればなんとかなると思うよ？　実際にルーティーン動画を上げてる人だって、いつもの行動をなぞるようにして撮影しているだけで、本当に寝起きってわけじゃないと思うし」

「俺もそれでいいと思うけどな……」

そう、実際に寝起きから撮影する必要なんてない。

あれはあくまで朝においての活動を見せているだけで、実際は起きてから少し時間が経《た》っている。

少なくとも、一度起きてカメラを準備する時間は設けているはずなのだ。

でなければベッドから起き上がる瞬間を撮影することはできない。

中には本当に夜中から起きるまでカメラを回し続けている人もいるのかもしれないが、極めて少数だと思う。

「……駄目よ。あたしの朝は、ファンのみんなには見せられない」

しかしカノンは、悔しげに否定の言葉を口にした。

「これまでルーティーンを投稿してきた人たちは、起きてから投稿用に撮り直しているだけで、その行動自体に嘘《うそ》はないはずよ。でもあたしの寝起きを見せられるくらい脚色するなら、一から百まで取り繕わないといけない……それはファンのみんなに失礼よ」

「……」

ここまで自分を追い込んでいる者に、一般人のタフネスしか持っていない俺は言葉をかけることができなかった。

寝起きの悪さは、カノンにとって弱みなのだろう。

そもそもそういう部分を外に見せるというのが、彼女の中では耐え難いということだ。

「ごめん、言い出しといて悪いんだけど、モーニングルーティーンの方はやっぱりなしにしてほしい。代わりの企画はあたしが出すから」

「……人がやりたくないと言うことまで、無理にやらせるような趣味は誰にもないよ。そんなこと言わず、一緒に考えよう。ボクらがやってみたいことを口にしていけばいいんだから」

「っ、そうね！　ありがと」

カノンの顔に笑みが戻る。

こうやってお互い支え合ってここまで来たんだな。

今更ながら、このチームワークには感心する。

「レイ、他にやりたいことはない？　結構熱心に調べてたみたいだし、大食いの他にもあるんじゃない？」

そう言いながら、ミアは俺の方をちらりと見た。

もしやこいつ、夜中に玲《れい》がミーチューブを見ていたことに気づいているのか。

意味ありげな視線を向けてきているということは、もうそういうことだろう。

ちなみに、カノンはなんの話かまったく分からないようで、きょとんとしていた。

ひとまず見えないところでホッと胸を撫《な》でおろす。

「一万円企画とか、あれも楽しそう。あと目隠しして私たちの曲を踊ってみるとか……どっきりもやってみたい」

「へぇ、どれも面白そうじゃない。片っ端からやってみる？」

カノンのネタ帳に、それぞれの意見が書き込まれていく。

想像よりも多くの企画が並んだ。

これならば、少なくとも投票期間まで動画の内容には困らないだろう。

「それじゃ機材が届き次第、〝ミーチューブを始めます！〟ってタイトルで一本撮るわよ！」

そんなカノンの言葉で、今日の会議は締めくくられる。

話し込んだ結果、なんだかんだで夜遅い時間になってしまった。

今日のところはもう寝る準備を始める頃合いだろう。

「さて……風呂どうする？　いつも通りお前らからでいいけど」

「助かるわ。じゃあさっさと済ませ――――」

そう言ってソファーから立ち上がろうとするカノンの腕を、何故《なぜ》かミアが摑《つか》んでいた。

「まあまあ、待ちなよ」

「……何よ？」

「最近のボクら、あまりにも凜太郎《りんたろう》君をこき使っていると思わないかい？」

いきなり何を言い出すんだ、こいつ。

「きっと凜太郎君も苦労しているに違いないよ」

「いや、別に苦労ってほどじゃ――――」

「してるよね？　苦労」

「……はい」

ミアの目は言っている。

ここで頷《うなず》かなければ、玲の夜更かしを助けた件をカノンに話すぞ、と。

この後何を言い出すのか分かったもんじゃないが、ここは頷くしかない。

「そうだよね。やっぱりボクらは凜太郎君に苦労をかけてるよね。ボクはそれをとても申し訳なく思ってるんだよ」

「どうしたのよ、急に……確かにりんたろーを頼りすぎてる自覚はあるけど」

「申し訳なく思っているからこそ、ボクらのせいで溜《た》まった疲れは、ボクらで解消してあげるべきなんじゃないかな」

「う、うーん？」

なんだろう、すでにとてつもなく嫌な予感がする。

玲がいい考えがあるって言う時と、ミアが親切にしようとしてくる時は、大抵ろくなことが起きない。

それがこいつらと付き合うようになって、俺が学んだことだ。

「というわけで、皆で凛太郎君の背中を流してあげよう」

「断る……！」

「あれ、いいのかな？　疲れてないの？」

「うぐっ」

ニヤニヤとした笑みを浮かべながら、ミアは俺の顔を覗《のぞ》き込んでくる。

まさか玲との一件が人質に取られることになるとは。

つーかそういうのは玲本人を脅すために使えって。

これで逆らえなくなっている自分も大概だが――――。

「ほら、二人はどうする？」

「……私はやる。凛太郎の背中、流したい」

「そうこなくっちゃ。それで、カノンは？」

そう問われたカノンの肩が、びくっと跳ねる。

「ど、どう考えてもハレンチなやつでしょうが！　それ！　NG！　絶対NGよ！」

「あ、もちろん裸じゃないよ？　ボクらは水着を着るつもりさ」

俺も水着は着ていいよな？

それならまだマシなんだけど。

「水着って……あんたねぇ……！」

「別にボクら以外誰もいないんだから、この家の中でくらいはしゃいだっていいじゃないか。ずっとお利口さんでいる意味はないんだよ？」

「お利口さんって、別にそういう意味で言ってんじゃゃ――――」

「じゃあボクとレイだけでいいよ。カノンはここで待ってれば？」

「ぐぎぎ……！」

美少女が『ぐぎぎ……』とか言うところ初めて見たな。

この時点で、カノンもミアの手のひらの上。

今ここにいる人間で、純粋な口の上手《うま》さでミアに敵《かな》う者はいない。

そもそも俺の背中を洗うことに大した価値はないはずだが。

「……分かったわよ！　やるわよ！　このまま退《ひ》いたら女が廃るもの！」

「そう言ってくれると思ったよ」

「ほらりんたろー！　さっさと風呂場に行くわよ！」

ムキになったカノンに、手首をつかまれる。

これも傍《はた》から見れば、すべてただのご褒美に見えるのだろう。

俺にとっては生殺し、はたまた拷問といったところだ。

「じゃあ、凛太郎君。君は先に入って着替えておいてくれたまえ。そのあとは全部ボクらに任せればいいから」

「……前は洗わせねぇぞ」

「ほら、入った入った！」

「無視すんなよ!?」

ミアに押されるまま、俺は脱衣所に閉じ込められてしまう。

俺はため息をつきながら、部屋から持ってきた海パンへと着替えた。

これは柿原《かきはら》たちとプールに行くことになった際に買った物。

あれはあれで大変な一日だった。

まあ、最終的に二階堂《にかいどう》と柿原がくっついてくれたおかげで、いい思い出となったわけだが。

そんな思い出も、今日で上書きされる予感がする。

（どうしてあいつらは裸の付き合いをしたがるのかねぇ……）

それこそ、玲とミアは何度か俺と一緒に風呂に入っている。

こう聞くとあまりにもパワーワードが過ぎるが、実際にやましいことが起きたわけじゃない。

多少接触事故はあったが――――うん、思い出さないようにしよう。

普段自覚はないが、もしかしたらミアの目線からは俺が疲れているように映ったのかもしれない。

風呂は体を清潔にしてくれるほか、確かに疲労回復効果も見込める。

毎日必ず湯船につかるミアにとって、その回復効果には確固たる信頼があるようだ。

そう考えれば、何度も風呂ネタを持ち出す理由にも納得がいく。

もちろん、からかいも含まれているのだろう。……八割くらい。

「準備できたかい？」

「ああ、着替えたよ」

俺がそう答えると、脱衣所の扉が開かれた。

「なっ……」

そして俺の目に飛び込んできたのは、体にバスタオルを巻いただけの三人のあられもない姿。

あまりにも煽情《せんじょうてき》的が故に、俺は思わず目を逸《そ》らしそうになる。

「あ、大丈夫だよ。ちゃんと中に水着は着てるから」

そう言いながらミアがタオルをほどくと、そこには言葉の通り見覚えのある水着があった。

確か前に海で着ていたやつだ。

「当然かもしれないけど、夏が終わってから新しい水着を買っていなくてね。でもそれだと新鮮味がないだろう？　だからこうしてタオルですべてを隠してしまえば、また違った興奮を届けられるんじゃないかって」

「興奮って言うな……！」

剝《む》き出《だ》しの太ももに、膨らんだ胸元。

堂々とそれらを見せつけてくるミアに、興奮しないと言ったら嘘になる。

さらに彼女と同等の魅力を持つ少女が、ここに二人もいるのだ。

ここまでくると、やっぱりご褒美などではない。

「りんたろー！　隅々まで綺麗《きれい》にしてあげるから、覚悟しなさい！」

「なんでお前は吹っ切ってんだよ……」

さっきの照れはどうした。

「よく考えてみたら、あんたに日頃の感謝を伝える上でこれ以上いいものはないのかなって。ほら、あの天下の美少女アイドルであるあたしが背中を洗ってあげるなんて、間違いなく最上級のお返しでしょ？　素直に喜んでいいのよ？」

「……そうだな」

自己肯定感の高さが仇《あだ》になったか……。

ミアほどのメリハリはないが、しっかりと完成されたスタイルを持つカノン。

女性のスタイルに特別なこだわりを持たない俺からすれば、ミアのスタイルもカノンのスタイルも、素直に刺さってしまう。

「……凛太郎」

「な、なんだよ」

「これ、そそる？」

「ぶっ――――」

玲が突然前かがみになり、胸元を強調してくる。

くっきりと見える谷間と、タオルの端からちらりと見える水着。

こんなの、そそられないわけがない。

しかしながら、玲が自分からこういうことをしない人間ということを、俺はよく知っている。

多分そそるの意味も分かっていない。

こういうことを吹き込む人間は、この場において一人しかいなかった。

「ミア……毎度毎度言ってる気がするが、玲《れい》に変なこと吹き込むなって」

「あはは……これはさすがに破壊力がありすぎて、ボクも教えたことを後悔しているよ」

どこに後悔があったのかは分からないが、頼むから反省してくれ、本当に。

「……気を取り直して、早速洗っていこうか。準備はいいかな？　凛太郎君」

「はぁ……もう逆らわねぇよ。一思いにやってくれ」

「諦めがいいね。じゃあ行こう」

逃げたら逃げたで、きっと今日のことでからかわれ続ける羽目になる。

ここは浴室の隅でも眺めながら、時が過ぎるのを待とう。

この家の浴室は、豪邸ということもあってかなり広い。

一人で入ると少し寂しく思ってしまうほどであり、浴槽も高級ホテルと見紛《みまが》うほど大きい。

幼い頃に住んでいた時はよく分かっていなかったが、ジャグジーが備え付けられていることにも驚いた。

築二十年近い建物でありながら、今でもすべての設備が不備なく動いている。

その時点で、建築時にどれだけいい物をつけたのか、容易に理解できた。

「シャワー出すよ」

ミアがシャワーの蛇口を捻《ひね》る。

シャワーがお湯に変わるまでの間、浴室には沈黙が広がっていた。

少し間が空いて冷静になってしまい、全員恥ずかしさを感じているのだろう。

当然俺も照れに照れてしまい、誰とも目を合わせられずにいた。

「……シャワーかけるよ。熱かったら言ってね」

「あ、ああ」

背中にシャワーが当たる。

温度はちょうどよく、特に熱いとも思わなかった。

「ちょうどいいよ。気持ちいい」

「そ、そうか。よかったよ」

ミアの声が上ずっている。

どうして言い出しっぺのお前が照れてんだよと問いただしたいところだが、それによってますます自分も意識してしまうことになりそうで、やめた。

「確か凛太郎《りんたろう》は頭から洗う派だった」

「よく覚えてるな……」

シャンプーへと手を伸ばした玲を見て、思わず呟《つぶや》く。

「じゃ、じゃあ！　あたしはりんたろーの髪を濡《ぬ》らしてあげるわ！　ミア、シャワー貸して」

「……まあいいか。ここは譲ってあげよう」

シャワーがカノンの手に移る。

そして背中に当たっていたお湯が、ゆっくりと頭の方へと移動した。

髪と髪の隙間を、お湯が流れていく。

そしてしっかりと頭皮まで濡れるように、カノンの手櫛《てぐし》が入った。

「どうかしら？　髪が引っ張られて痛かったりしない？」

「ああ……気持ちいいよ」

「ほんと？」

「本当だって。こんなところで気なんて使わねぇよ」

「そ、そう！　ならいいわ……」

実際、マジで気持ちがいい。

髪を梳《す》いてもらっているだけなのに、どんどん心地よさが増していく。

自分で触っても大して気持ちよくないのに、人にしてもらっているだけでどうしてここまで感覚が違うのか。

「カノン、そろそろシャンプーする」

「ちぇ……仕方ないわね」

残念そうにカノンが引き下がり、代わりに玲が俺の後ろに立った。

ずっと気にしないようにしていたが、三人とも立ち位置がやけに近い気がする。

風呂の椅子に腰掛け、背中を向けているこの状況。

直接視界に入らず、三人の気配だけを感じているこの状況だからこそ、やたらと胸が高鳴る。

「凛太郎、いくよ」

「あ、ああ……」

シャンプーを乗せた玲の手が、俺の頭を洗っていく。

頭皮を揉《も》み込むように洗われるたびに、心地のいい快感が駆け抜けた。

玲に頭を洗ってもらうのは初めてではないが、これに慣れるということはまずなさそうだ。

「気持ちいい？」

「あぁ……」

「っ……」

思考すらも溶けてきて、返事の声も漏れ出すようなものになってしまった。

それを少し恥ずかしく思ったのも束《つか》の間《ま》、次から次へと押し寄せてくる快楽が、新しく湧いたその思考すらも熔《と》かしつくす。

「ねぇ……今の声、なんか色っぽくなかった？」

「うん……ちょっとドキっとしちゃった」

後ろでカノンとミアが何やら会話している気がしたが、今の俺には、その言葉を理解する余力すら残っていなかった。

「よし、じゃあ次は体を洗おうか」

そう言いながら、ミアがボディタオルを手に取る。

「誰がどこを洗う？」

「どこって……」

三人の視線が自分に集まっているのを感じる。

このままではまずい。

頭ではそう理解しているのに、この状況を乗り越えるための思考が働かない。

正直言って、めちゃくちゃ眠いのだ。

今ベッドに飛び込めば、おそらくすぐに意識を完全に失うことだろう。

こうして耐えている時間すら、徐々に辛《つら》くなってくる頃合いだった。

（なんでこんな眠いんだ……？）

ハロウィンライブの日に寝落ちしたのは、ライブ自体で体が疲れていたからだと思う。

しかし、今日はなんだ？

普通に学校へ行って帰ってきただけ。

普段の自分であれば、眠気を感じるのは日付が変わってから。

家事を終わらせて、授業の予習復習が終わってからようやく眠くなる。

それがどうしたことだろう。

まだ日付が変わるまでにだいぶ余裕があるこの時間に、これだけ強い眠気がくるなんてことは、あまり経験したことがない。

（だが――――）

ここで寝落ちするのは、さすがにやばい。

また玲たちに迷惑をかけてしまう。

俺はシャワーのお湯を顔にかけて、少しでも目を覚まそうとした。

……あんまり効果はなかったが。

「ねぇ、これって……」

「……ボクらの予想通りだったね。この調子で続けよう」

今のはまたカノンとミアか？

さっきから眠気で認識が遅れている。

聞き取れてはいるのだが、その内容を覚えていられない。

「凛太郎、体洗う」

「ああ……前は自分でやるから」

「だめ。今日は全部私たちでやる」

「え……？　ああ、そうか……」

そうか、〝だめ〟なら仕方ない。

俺は抵抗するのを諦め、すべてを委ねることにした。

というか、もうそうすることしかできない。

「……いざ好きにできるとなると、逆に抵抗あるよね」

「そうね……なんか悪いことしてる気分」

「でも洗った方がいいんだよね……その、前も……多分」

「ここまでしといてあれだけど、アイドル的にどうなの？　それ」

よく分からないが、体が洗えなくて困っているようだ。

じゃあ、自分でやるしかないよな。

「え、凛太郎君？」

俺はミアからボディタオルをスッと奪い、自分の体を洗っていく。

あれ、どうして俺が風呂に入っているのに、玲たちがいるんだろうか？

――――まあいいか。

めちゃくちゃ眠いし、きっとこれは夢なのだろう。

じゃなきゃ一緒に風呂に入るわけないしな。

「凛太郎、自分で洗い始めちゃった……ちょっと残念」

「まあ仕方ないよ。ボクらにこのステージはまだ早かったみたいだし、むしろ助かったかな」

「ん……ヘンタイ三人組になるところだった」

「言わないでほしかったなぁ、それ」

彼女たちのよく分からない会話を聞きながら、俺は濁った思考の中で体を洗い続けた。


「凛太郎、体拭く」

「ああ……」

どうやら風呂はもう終わりらしい。

浴室から出た俺の体を、三人が拭いてくれている。

ありがたい。なんだかお偉いさんにでもなった気分だ。

「さて、凛太郎君、先に歯を磨こうか」

「はを？」

「っ……そうだよ、歯を磨くんだ」

何故《なぜ》ミアは顔を赤くしているのだろう。

よく分からないが、とりあえず歯を磨けばいいらしい。

「普段のイメージと違いすぎて、破壊力がえげつないね……寝ぼけた凛太郎君」

「さっきは色っぽかったけど、今は幼さを感じるわね……」

「まずいなぁ、ショタコンの気《け》はないんだけど」

「あたしだってそうよ……」

シャカシャカと歯を磨いていく。

歯磨きをすると、これから眠るんだと体が認識して、いよいよ眠気がきつくなってきた。

もはや起きていることがしんどいレベル。

「凛太郎、歯を磨いたら、凛太郎の部屋に行く」

「ふぁかった……」

口をゆすいで歯磨きを終えた俺は、玲《れい》に指示された通り自分の部屋へと向かうことにした。

フラフラと階段を上り、二階の廊下へ。

その際体を支えてくれていた三人に感謝しつつ、俺は自分のベッドに倒れ込む。

「凛太郎君、もうほとんど聞こえてないと思うけど、今から君をマッサージするよ。眠たかったらそのまま寝てね。無理しなくていいから」

「まっさーじ……？」

駄目だ、もう意識を保っていられない。

三人が足や背中を揉んでくれているような気がする。

しかしもう、その感触を楽しんでいるだけの余裕は残っていなかった。

◇◆◇

「……寝た？」

「うん、寝たね」

背中のマッサージを担当していたミアが、そう答える。

私は二人と共に彼の上から離れ、様子を見ることにした。

凛太郎《りんたろう》の部屋には、彼の寝息だけが響いている。

「……この寝息を録音して枕元で流せば、彼と疑似的に添い寝できるね」

「何を馬鹿な……レイ、やめなさい」

カノンに止められた私は、渋々スマホをしまった。

残念。凛太郎の寝息音声、ほしかった。

「それにしても、突然凛太郎のケアをしようって言われた時は驚いたわよ」

カノンがミアに告げる。

私もそれに同意するように頷《うなず》いた。

事の始まりは、会議が始まる前のこと。

凛太郎の帰りを待っていた私たちに対して、ミアが言った。

凛太郎の体が心配……と。

私も、少し前から凛太郎に対して心配していた。

前の家で一度昼寝しているところを見たことがあるけれど、きちんとソファーで眠っていたことを覚えている。

それがこの前は、テーブルに突っ伏すようにして寝ていた。

寝落ちであることに変わりはないかもしれない。

ただ、なんだかんだいってしっかり者である凛太郎が、そんなところで寝ていることに私は違和感を覚えた。

「二人もある程度は気づいてたと思うけど、ボクらとの距離が今まで以上に近づくにあたって、凛太郎君にかかる負担が跳ね上がってる。今まではレイだけでよかったのが、ボクとカノンの分まで世話してくれているわけだからね」

「単純計算で三倍だもの……そりゃそうでしょ」

「あくびの回数とか増えてるし、あの寝落ちは自分でも予想外だったみたいだしね」

「あくびの回数って……あんたりんたろーのどこ見てるの？」

「すべてだよ、すべて。ボクは凛太郎君の一番を目指しているわけだから、それは当然でしょ？」

「キモイわ！」

カノンのツッコミがミアに刺さる。

ただ凛太郎が近くで寝ているからか、さすがに声量は抑えていた。

「だからボクらで責任持ってケアしようと思ったんだけど……この寝顔を見ると、やってよかったみたいだね」

私たちは凛太郎の寝顔に視線を向ける。

そこには安らかな寝顔があった。

普段の少し大人びた雰囲気と違い、どこかあどけない、子供のような顔。

見ているだけで、こっちまで温かい気持ちになる。

「……とりあえず出るわよ。ずっと見てたい気持ちは分かるけど、眠りを邪魔しちゃ悪いわ」

「ん、分かった」

三人そろって部屋を出る。

そして一度リビングに戻り、ソファーに座った。

「それで……どうするの、これから」

「凛太郎のこと？」

「このままじゃいつか体壊すわよ。あたしたちは大いに楽させてもらってるけど、あいつが体調崩したら本末転倒じゃない」

カノンの心配はもっともだし、私も同じように思う。

本来なら、凛太郎と距離を取ることが正解なのかもしれない。

だけど、そのことを考えただけで胸の奥がきゅっと締め付けられる。

凛太郎と離れたくない。

でも、凛太郎を苦しめたくない。

どうすればいいかすら分からない自分が、あまりにも無力に思える。

「……凛太郎に、ちゃんと相談しよう」

私は二人にそう告げた。

このまま自分たちだけで結論を出しても、凛太郎はきっと納得してくれない。

天宮司《てんぐうじ》さんの件を経て、全員で集まって考えることの重要性は理解しているつもり。

全員、だから凛太郎の意見もちゃんと聞く。

「そうだね。ボクらだけで結論を出すべきじゃない」

「あたしたちだって、あいつから離れたいわけじゃないものね。皆で解決の道を考えた方がいいわ」

二人の言葉に、私は頷く。

考えよう、凛太郎を守るために。

# 第六章

## まるで家族のように



「ん……？」

目を覚ますと、そこは俺の部屋だった。

閉められたカーテンの隙間からは、光が漏れている。

「……朝か？」

状況を理解した俺は、すぐに枕元のスマホを手に取った。

時間を確認して驚愕《きょうがく》する。

「嘘《うそ》だろ……？」

時刻は午前九時。

普段の起床時間から、三時間以上遅れている。

何もかも大遅刻だ。

（――って、今日は休みか）

曜日まで確認して、俺は安堵《あんど》する。

今日は土曜日、休日だ。

たまに土曜授業もあるが、今日は違う。
ただ、学校はなくとも、いつもの仕事はあるわけで。
(やっちまったな……っていうか、昨日どうやって寝たんだっけ)
確かミアが背中を流すとか言い出して、他の二人もそれに乗ってきて……。
頭を洗ってからどうなった？
俺は果たして自分でここまで歩いてきたのか？
「……」
なんとなく、自分のズボンの中を覗《のぞ》き込む。
いや、ないないない。絶対あり得ない。
何か間違いが起きたかもしれないなんて、そんなこと考える必要もないはずだ。
あいつらのことをなんだと思っているのだ。
まさか獣か何かだと思っているのか？
いくらなんでもそれはあいつらに失礼だ。
それに、俺なんかに襲う価値があるとも思えない。
ただ……ミアのあの強引さがどうしても頭をよぎる。
何かやましい目的があったのではないか、そう勘ぐってしまう。
(――――確かめるか？)

そんな考えが浮かんだ瞬間、俺はすぐにそれを却下した。

認識していないのなら、存在しないのと同じ。

この疑惑は、墓場まで持っていこう。

今はそれよりやらなければならないことがある。

俺はすぐに部屋を飛び出して、リビングへと向かった。

「すまん！　寝坊した！」

リビングに飛び込んだ俺は、開口一番謝罪を伝えた。

「あ、おはよー、凛太郎」

「え……雪緒《ゆきお》？」

そこにいたのは、あの三人ではなく、ここにいるはずのない雪緒だった。

寝起きがおかしかったこともあり、ますます頭が混乱する。

「あれ……ここ本当に俺の家か？」

「そうだよ。あ、夢でもないからね」

そう言われて、自分の頬を摘《つ》まもうとしていた手を止めた。

そんなことしなくても、夢でないことくらいはもう分かっている。

一つずつ確認していこう。

「えっと……雪緒はどうしてこの家にいるんだ？」

「乙咲《おとさき》さんたちに呼ばれたんだよ。凜太郎《りんたろう》が寝ているから、朝の世話をしてあげてほしいって」

「世話……？」

俺が疑問を浮かべていると、雪緒はコンビニの袋を見せてきた。

中にはサンドイッチや、お湯を注いで作るインスタントのスープが入っている。

「簡単な物ばかりだけど、朝ごはんを買ってきたよ。まあちょっと遅い時間になっちゃったけど……一緒に食べよ？」

確かに腹はかなり空《す》いている。

夕飯を食べてから半日以上経《た》っているし、腹が減るのも当然だ。

「ありがたいな。あとで金払うよ」

「あ、大丈夫、もう皆からもらってるから」

「……至れり尽くせりだな」

この用意周到さ。

発案はミアだろう。昨日のくだりもすべて計画の一部だった可能性がある。

目的は何か――――おそらく俺を休ませようとか、そんなところだろう。

変な気を回しやがってと言いたいところだが、これだけの爆睡を経験した今となっては、ただただ感謝するしかない。

思えばここ最近、ずっと妙な眠気があった気がする。

今はもうそれも消えているが……。

「それで……あの三人は？」

「ミーチューブ撮影用の道具を買いに行くって言ってたよ」

「ああ、なるほどな」

そうか、今日はあいつらも休みだったのか。

「ありがとな、色々気を回してもらって」

「気にしないでいいよ。僕も好きでやっていることだから」

清々《すがすが》しい笑みを浮かべる雪緒を見て、俺は心の中で今一度感謝した。

そして同時に、自分の情けなさを責める。

生活の世話を買って出たくせにこの様《ざま》とは……。

あいつらには仕事に集中してほしいのに、だいぶ面倒をかけてしまった。

これでは当初の話とかなり違ってくる。

「……凛太郎はさ、えらいよね」

「え？」

突然雪緒の口から言われた言葉が理解できず、俺は思わず聞き返す。

「自分がやると決めたことに、ちゃんと責任を感じてる。それって実はすごいことだよ」

「……別にすごかねぇだろ」

一度やると言った以上、勝手にやめるのは俺のプライドが許さない。

「それを当たり前だって思えてることもすごいよ。僕じゃ君のように生きるのは難しい。朝は寝たいし、夜は早く寝たいじゃん」

「そりゃ俺だってそうだけど……」

「でも君は我慢できるでしょ？　人のために自分の時間を惜しみなく使える……それって、どこまでも優しい人間じゃないとできないよ」

優しいという言葉に、俺は首を傾《かし》げる。

別に優しくしているつもりはないんだが――。

「あはは、凛太郎って案外鈍感だよね」

「……そうか？　つーか、人のために時間を使うって話なら、お前だって俺のためにこうして来てくれてるじゃねぇか」

「僕の苦労と君の苦労を一緒にしちゃだめだよ。誰だって一日くらいは頑張れるけど、これを毎日やれって言われたらしんどいさ」

そう言って、雪緒は笑う。

雪緒の現在の家は、雪緒が高校入学と同時に引っ越したこともあり、今いる俺の実家とはかなり距離がある。

その距離を毎日通うというのは、不可能でないにしろ面倒くさいことは間違いない。

「君は今、大変なことをやってるんだよ。僕が心配してるのは、君がそれに気づかず疲れをためてしまっていないかってところ。……ま、案の定だったみたいだけど」

「……悪い」

「責めてるわけじゃないさ。でも、凛太郎はもう少し人を頼るべきだと僕は思うよ。それこそ僕だったり、乙咲さんたちだったりさ」

玲《れい》たちを頼る。

そんなの、考えたこともなかった。

もちろん経済的な部分においてはおんぶにだっこだが、自分に与えられた仕事内容であいつらを頼ったことは一度もない。

だってそれは、約束が違うから。

「俺はあいつらの仕事の助けができない……だから俺の仕事に関しても、あいつらに助けを求めるべきじゃないと思って」

「ばかだなぁ君は。それで君が動けなくなったら本末転倒じゃない。あの三人を支えていきたいんでしょ？」

「うっ」

ごもっとも過ぎる。

「僕だったら、そういう風に切り分けられて生活していくのはちょっと悲しいなぁ。結局もうビジネスライクって関係じゃないんだし、一つの家族みたいに生活してみるのはどう?」

「……家族か」

俺は多分、〝普通〟の家族の温《ぬく》もりを知らない。

家に母親しかいなかった時は、この場所が温かいなんて思ったことがないし、親父《おやじ》はそもそも帰ってこなかった。

今でこそ親父との関係は良好化したが、その時のことまですべて許したかと言われれば、そうではない。

許せはしないが、終わったこととして受け入れたんだ。

(そういえば……この家にはあの人もいたんだよな)

あの人――――俺を置いて出ていった母親のことを、ぼんやりと思い出す。

以前は思い返すたびに嫌な汗をかいていたが、今はそれがない。

自分の中で、あの人がトラウマからただの記憶になったのだと理解する。

思えばあの人も、家事はかなり頑張っていたと思う。

家が広いからお手伝いさんを呼んでいたこともあるけれど、掃除もしていたし、洗濯も、料理だって三食分作っていた。

俺の世話だけは、ちゃんとしてくれていたんだ。

だからこそ、あの人が出ていった時に、強いショックを受けた。

今だから思う。

出ていくほど俺の世話が嫌だったのなら、サボってくれたってよかったのに……と。

実際のところ、出ていった理由に関しては他にもあるだろう。

しかしあの人がもっと誰かを頼ることのできる人間だったなら、変に追い詰められることもなかったのではないか。

(まあ、だとしても許すつもりはねぇけど……)

母親の責務を放棄したのだから、自分に限らず許してはいけない存在であることは分かっている。

それでも、決別を回避する方法があったのではないかという話だ。

……自分が追い詰められているという自覚はない。

むしろ上手《うま》く立ち回れていると思っていたが、傍《はた》から見ればそうではなかったらしい。

俺は平々凡々な男子高校生。

元々できることには限界がある。

「……ありがとう、雪緒。あいつらが帰ってきたら、少し相談してみる」

「うん、それがいいよ」

「相変わらずお前はなんでもお見通しだな」

「なんでもとは言い切れないけど、誰よりも君のことをよく見ている自覚はあるよ」

「そ、そうかよ……」

とても冗談とは思えない気配に、俺はわずかに恐怖を覚えた。


遅めの朝食を食べた後、雪緒は帰っていった。

帰り際、無理をしないという約束を何度も要求され、それに対し一々頷《うなず》く羽目になったが、やはりこうして助言をくれる存在がいるというだけでありがたく思える。

雪緒には、改めてお礼を考えておこう。

さすがに日頃の感謝が溜《た》まりすぎている。

「ただいまー。りんたろー？　起きてるー？」

それからしばらくして、玄関の方からカノンの声がした。

どうやら三人とも帰ってきたらしい。

リビングにいた俺は、出迎えるために玄関へと向かう。

「ああ、起きてるよ。おかえり」

「……うん、顔色がいいね。昨日はよく眠れたみたいだ」

「おかげさまでな。日頃の疲れが吹き飛んだよ」

言葉の通り、体の調子はすこぶるいい。

元々体調不良っていうレベルではなかったが、ずっと頭に霞《かすみ》がかかっているような、そんな感じはあった。

それが今はきれいさっぱり消えている。

こうして実感すると、睡眠が人にとってどれほど大事なものなのか分かる。

「あと……雪緒《ゆきお》を呼んでくれてありがとな」

「……どんなこと話した？」

「俺の生活態度について、色々な」

玲の問いに、俺はそう返す。

この話は、後で必ずするつもりだ。

今はひとまず三人の重そうな荷物を降ろしてやりたい。

「でかい荷物は俺が持つよ」

「そう？　助かるわ」

カノンが持っていた、色んな物が雑多に入っている袋を受け取る。

途端、腕が軽く軋《きし》むレベルの負荷がかかった。

「おっも……!?」

「そう？」

カノンが首を傾げている。

マジでこの重さを屁《へ》とも思っていない顔だ。

俺、こいつらと腕相撲して勝てるのかな……？

試してみるのはやめておこう。二度と立ち直れなくなる可能性があるから。

「何をこんなに買ったんだ……？」

運びながら、三人に問いかける。

「よくミーチューバーが動画で使う物とか、あとは面白お菓子とか……目についた物を片っ端から買ったら、大荷物になっちゃったんだよね」

「それだけでここまで詰め込んだのかよ……」

袋の中身をよく見てみれば、確かにミーチューブでよく見るグッズたちが入っていた。

代表的なところで言うと、コーラとチューイングキャンディの組み合わせとか。

このチューイングキャンディをコーラに入れ、化学反応で液体が噴き出してくるのを楽しむ。

ミーチューブ上の企画としては、かなりポピュラーな印象だ。

「最初は何事も形から入るものだからね。後でこれを用意しておけばよかったってならないように、全部詰め込んだんだ」

「……なるほどな」

それにしても買いすぎだと思うが、ここまで来たら野暮な指摘だな。

熱量があるのはいいことだし。

ひとまずリビングに移動し、玲たちはテーブルの周りに購入してきたグッズたちを並べ始める。

「スライムで遊んでる動画とかもあったけど、実際楽しいのかしら……？」

カノンが、緑色のスライムが入ったおもちゃを手に取って言う。

「ねぇ、りんたろー。男子に聞きたいんだけど、こういうのってやっぱり気になるもの？」

「まあ……この年になってもちょっとワクワクするな」

「ふーん？　可愛《かわい》いところもあるじゃない」

「ウザッ……！」

カノンだけでなく、全員からニヤニヤした顔を向けられ、俺は不貞腐《ふてくさ》れたフリをして逃げる。

確かにガキ臭いとは自分でも思うが、考えてもみてほしい。

子供の頃、コーラやスライムに一度も憧れなかったか？

遊んでみると、思ったより大したことないというのは分かっている。

だけどそんなこと、実際に触ってみなければ理解できない。

だからこの手で触れるまでは、ずっと憧れのままなんだ。

——俺は一体何について熱くなっているのだろう？


「ボクらがスライムでぬるぬるになったら、皆見てくれるかな」

「ぬるぬる遊び、楽しそう」

おもちゃを眺めながら、ミアと玲が言う。

スライムでぬるぬるのべたべたになった彼女たちの姿は、きっと需要が高いことだろう。

主にヘンタイたちの界隈《かいわい》で。

「馬鹿ども！　そんなのあたしが許すわけないでしょ！」

「じょ、冗談だよ、カノン。センシティブな映像はNGなんでしょ？」

「まったく……ちゃんと心得てよね？　今からそういう方向性で売っていこうとしたら、これまでのファンが離れちゃうかもしれないんだから」

「分かってるよ。こういうのはどちらかというとツインズの専売特許だろうしね。今から追い抜けるならやる価値もあるんだろうけど、ボクらにとってはリスクしかない」

「その通りよ」

ミルスタがセンシティブ寄りの売り方を始めれば、一時期は話題になるだろう。

しかしそこからは、俺も甚大なファン離れが起きると思う。

特にミルスタはかなり万人受けしているグループであり、女性ファンも多い。

中にはそういうコンテンツが苦手な人だっている。

話題になればなるほど、そんな人たちから離れていってしまうはずだ。

その辺り、目先の成果だけを見て飛びつかないところが、真《ま》っ直《す》ぐ人気を得ていく秘訣《ひけつ》なのかもしれない。

「ツインズに勝てる企画って、なに？」

「難しいこと聞いてくるじゃない……まあ、今はとりあえず自分たちで決めた企画を進めていくしかないと思うわ。まずはあたしたちの中にノウハウを叩《たた》きこまないと」

「ん、分かった」

玲《れい》とカノンのやり取りを聞いた上で、俺は改めて並べられた道具たちを眺めてみる。

「……そうなると、この中に今出てる企画で使える物ってあるか？」

「「……」」

そうだよな、ないよな。

「どうすんだよ、これ」

「つ、使うわよ！　もったいないし」

「それならいいけどさ……」

別に俺の金ってわけじゃないし、自分で稼いだ金くらい自由に使えばいいと思うけど、これだけの荷物は残しておいても普通に邪魔になる。

この家も広いとはいえ、空間は有限。

物が多いと散らかっているように見えるし、不必要な物はできるだけ置いておきたくない。

「お菓子類は食えばいいけど……あ、でもお前らこういうのはあんまり食わねぇか」

スナック菓子とか、甘いやつとか、こいつらがそういう物を食べているところを、これまでまったくと言っていいほど見ていない。

きっとカロリーなどを気にしているのだろう。

とても健康にいいとは言えないし。

「ん、私は凛太郎《りんたろう》のご飯が食べられなくなるから食べないだけ」

「まあ最近はボクもレイと一緒かな」

「お菓子で埋める胃袋があるなら、その分あんたの料理を詰め込むわ」

えー、嬉《うれ》しいこと言ってくれるじゃーん。

なんて、心の中ではかろうじて茶化すことができたが、現実では喜びと照れが入り混じり、口をパクパクさせることしかできなかった。

「……そうはいっても、この量はさすがになんとかしないとね」

「事務所の人とか、学校で配るっていうのはどうかな」

「むしろそれくらいしか思いつかないわね。……さすがに反省だわ」

きちんと反省しているようだし、これ以上は俺もとやかく言うまい。

「早速動画撮るのか？」

「いや、少し休憩してから撮るつもりだったわ」

「そうか……じゃあ、休憩がてらちょっと話を聞いてもらっていいか？」

「？」

話すなら、できるだけ早い方がいい。

そう判断した俺は、三人の顔を順番に見る。

そしてさっき雪緒と話して気づかされたことについて、ゆっくりと話し出した。

「まずは……三人とも、気を使わせて悪かった。俺が疲れていたことに気づいてたんだな」

「まあね。明らかに睡眠時間が減っているようだったし、あくびも増えてたから」

「よく見てるよ、本当に」

苦笑いを浮かべた俺は、そのまま話を続ける。

「体調に支障が出る前に休ませてもらえて、素直に助かった。自分がヤワだとは思ってねぇけど、保証なんてないもんな」

俺も、こいつらも、結局人はどこまでいっても人。

いくら大丈夫と言い張ったって、壊れる時は一瞬だ。

その上でこいつらは、俺が壊れてしまうリスクを下げてくれた。

感謝は尽きない。

「あたしたちも、その件については話さないといけないと思ってたわ。……単刀直入に聞かせて？　あたしたち、あんたの負担になってない？」

三人の顔は、どことなく緊張気味だ。

そりゃそうだろう。

自分が相手にとって邪魔な存在かどうか聞いているのだ。

俺だって、自分の存在意義をこいつらに問うのは気が引ける。

だからこそ、俺は即答しなければならない。

「負担なんかじゃねぇよ。この生活を提案したのは俺、そしてこの生活をやめないのも俺だ。お前らが責任を感じる必要なんてない」

「……ほんと？」

「神に誓って」

「……じゃあ、よかった」

玲の顔が安堵《あんど》の表情に変わる。

それを見て、俺は再び自分を戒めた。

女を不安にさせる男なんて、俺にとってはクソ野郎でしかない。

そんなクソ野郎からは、さっさと脱却しなきゃな。

「自分が情けないことなんて、百も承知。その上で、お前たちに頼みたいことがある」

「……それはなんだい？」

「もう少し、お前たちを頼りたい」

俺の言葉を受けて、三人が三人ともきょとんとした顔になる。

「さっき雪緒《ゆきお》に言われたんだ。家族みたいに生活してみるのはどうかって。ぶっちゃけ、俺は家族ってもんがよく分からん。……ただ、支え合うものってことくらいは分かる」

ただ側《そば》にいるだけで家族になれるわけじゃない。

お互いの気持ちが通じ合うことで、ようやく家族と呼べる。

それが、俺の思う家族の〝理想の形〟だった。

「余裕がある時だけで構わない。いずれ俺がストレスなくすべてをこなせるようになるまで、少しだけ家事を手伝ってほしい」

「ん、分かった」

「ええ、いいわよ」

「もちろん、喜んで手伝うよ」

「軽っ」

結構意を決して伝えたつもりだったんだけど。

「むしろ手伝っていいなら先に言ってほしかったわ。この家はあんたのものだから、変に手を出さない方がいいのかと思ってた」

「ボクもそう思っていたよ。凜太郎君には決まった家事のやり方があって、それを邪魔されたくないのかなって」

二人の言葉で、俺はぽかんと口を開く。

「今のボクらは、確かに君におんぶにだっこな生活をしている。特に君が作ってくれる食事には依存していると言ってもいい」

「そりゃ言いすぎだろ……」

「いや、言い足りないくらいだよ。でもね、凜太郎君。玲はともかくとして、ボクらは前のマンションでもほとんど君の力を借りずに生活していたんだよ？」

それはそうだ。

洗濯に掃除、少なくともこの二人は、その辺りの家事を自分で済ませていた。

玲に関してはひどい言われようをしているが、別に家事がどうしてもできないわけではない。

現に実家へと招いてもらった時は、料理をふるまってくれた。

「あんたより家事を上手《うま》くこなす自信はないけど、皿洗いとか、ゴミ出しくらいならできるわよ」

「私も、自分から動くのは難しいけど、頼んでもらえたらできると思う」

――俺は、今まで三人のことをどう考えていたのだろう。

別に、アイドル活動以外何もできない奴《やつ》らだなんて考えたことはない。

しかし、俺は間違いなくこいつらと自分を切り分けて考えていた。

三人はアイドルの仕事に専念する。

そして俺は、家事を一手に引き受ける。

内と外。お互いの居場所は、そこにあると思っていた。

つまり、家事も一人でこなせないようなら、俺なんていらないと思っていたんだ。

「……家族のように暮らしていくって、稲葉《いなば》君も面白いことを言うね。すごく楽しそうだ」

「うちはただでさえチビたちが多いっていうのに、あんたたちのことも家族扱いしたらますます大変になりそうね……確かに楽しそうだけど」

ミアとカノンは、お互い顔を見合わせて笑った。

「凛太郎。私たちはもう十分楽させてもらってる。仕事に集中させてもらってる。だから、もう少しくらい自分が楽になる方法を考えたって、罰は当たらないと思う」

「……そうか。いや、そうだな」

　玲がそう言ってくれるなら――――こいつらがそう言ってくれるなら、俺は多分それに甘えていいのだ。

　こいつらに頼られたいと俺が思っているように、こいつらだって、俺に頼られたいと思ってくれているのだから。

　そのことが、今確かに伝わってきた。

「分かった。これからはもっとお前らを頼らせてくれ」

「ん……」

　こいつらとの関係が、さらに強くなったのを感じる。

　いや、正確には、強くなっていたことをようやく自覚できたといった感じか。

「なんだかんだいって、ずっとこの四人でいられたら、人生退屈せずに済みそうだよね」

　ミアが俺たちの顔を見ながら言う。

　ずっと四人で、か。

　この居心地のいい空間が一生続くなら、確かにそれは願ったり叶《かな》ったり。

　だけど、全員がきっと分かっている。

　四人での生活は、決して長く続くものではないということを。

「……俺からの話は終わりだ。これからミーチューブを撮ろうってタイミングで悪かった

な」

「ううん、ボクらも凛太郎君にかけてしまっている負担について話し合おうと思っていたから、むしろちょうどよかったよ」

「ずっと心配かけちまってたんだな」

「ふふっ、それはお互い様さ」

この三人は、間違いなく俺の今を変えてくれた恩人だ。

ここから先の人生、こいつらへの感謝を忘れてはならない。

何度も何度も、俺はそれを心に刻んだ。

「撮影の邪魔にならないように上に避難しておくから、何かあったら呼んでくれ」

俺は三人にそう伝え、自室へと引っ込むことにした。

体も心も、やけにすっきりしている。

それもそのはず。ぐっすり寝て、言いたいことも全部言って、健康にならないわけがない。

ただ、こういう時こそ気を付けなければ。

大抵の場合、俺の心が晴れやかになると、嫌なことが起きる。

「ん……?」

部屋に戻った途端、まるで見計らったかのようにスマホが震える。

どうやらメッセージが届いたようだ。

「……おいおい」

差出人の名前は、チョコレート・ツインズのシロナこと、狐塚白那《こづかしろな》だった。

猛烈に嫌な予感に襲われながら、メッセージを開く。

『おにいさん、ウチとデートしましョ』

「……」

俺は現実逃避すべく、一度スマホから目を離す。

断る――――そうだ、断ってしまおう。

二階堂《にかいどう》や天宮司《てんぐうじ》の時と違って、何も弱みを握られているわけじゃない。

ちゃんと断るべきだ。こいつと深く関わるのは、精神衛生上よくない。

『デートしてくれたら、ミーチューブでバズるノウハウを教えたるよ』

「っ……」

ミルスタがミーチューブで戦おうとしていることも、向こうにはお見通しか。

どうする、話がかなり変わってきた。

ミーチューブでバズる秘訣《ひけつ》。それを喧嘩《けんか》を売ってきた本人たちに聞くなんて、ミルスタの三人には不可能だ。

代わりに俺がその情報を仕入れられるなら、きっとプラスになる。

（つーか……ここで俺にコンタクトを取る理由はなんだ？）
敵に塩を送ることになってでも、俺を呼び出す理由はなんだ。
正直、まったく予想できない。
しかし見当もつかないからこそ、飛び込むべきではなかろうか。
得体が知れないままにしておくことが、一番気持ち悪い。
「……行ってやろうじゃねぇか」
いい加減、この舐《な》められている感じも腹が立つ。
開き直った俺は、すぐにメッセージを返した。

翌日の日曜日。

今日は休日であるはずなのに、芸能人にはあまり関係がないようで。

玲《れい》たちは雑誌の取材やらグラビア撮影やらで家を留守にしている。

あいつらには悪いが、好都合だった。

外出用の服に着替えた俺は、戸締りを確認してから家を出る。

向かうのは、シロナから提示された待ち合わせ場所だ。

電車に揺られることしばらく。

俺は待ち合わせ場所である渋谷駅に到着した。

（……人やばいな）

駅の周りで待ちながら、俺はそんな園児でも思いつきそうな感想を頭に浮かべていた。

普段から人通りが多い印象のある渋谷駅だが、日曜日ということもあり、人口密度もかなり増している。

新宿渋谷、池袋……そもそもそういった駅で降りることが少ない俺としては、正直この人混みは慣れない。

根本的に、とにかく歩きづらいところが苦手だ。

自分のペースで歩かせてもらえないと、ストレスが溜《た》まる。

そういった面から、こんな風に呼び出されでもしないと自分からこの地を踏むことはほとんどない。

だから慣れないという悪循環なのだが――まあ今はその話は置いといて。

「あちゃー、えらいお待たせしてすんまへんなあ」

ボケーっと人混みを眺めていた俺に、聞き覚えのある声がかかる。

振り向いてみれば、そこにはあのハロウィンライブの時と同じ格好をしたシロナらしき女が立っていた。

「えっと、一応確認するけど、シロナだよな?」

「いややわぁ、そんな他人行儀な。せっかくこうしてデートするんやで？　ここはシロとか、シロちゃんって呼んでや」

「……シロナで間違いないんだな」

「いけずやね、おにいさん」

いけずなんて、最近の高校生が使う言葉じゃないだろ。

――なんてことを考えていると、シロナがスッと距離を詰めてくる。

そして俺の耳元に顔を寄せ、口を開いた。

「渋谷の若い子で、ウチらのこと知らん子はほとんどおらへんのよ。だからシロナって呼ばれると、身バレの可能性が高くてなぁ……後生やから愛称で呼んでくれへん？」

「……」

一瞬、わざと人に見つかることも考えた。

そうすればスキャンダルになり、ツインズに対してかなり手痛いダメージを与えられる。

俺の方は一般人だし、大したリスクは負わない。

実行に移すのは至極簡単だ。

だけど――。

（……そんなことで勝っても、あいつらは喜ばねぇよな）

元々やるつもりはなかったが、俺は改めてその考えを否定する。

あいつらのことだ。正々堂々と戦った上で負けるより、不正を働いて勝つ方を嫌うのは分かっている。

俺は小さくため息をつき、シロナへと視線を向けた。

「シロ……これでいいか？」

「っ！　嬉《うれ》しいわぁ、そう呼んでもらえて。じゃあウチもこれからはりんたろーさんって呼ばせてもろても？」

「……好きにしろよ」

「おおきにな、りんたろーさん」

そう言いながら、シロナが腕に絡みついてくる。

「お、おい!?」

「まあまあ、ほな行きましょ」

「ちょっと待てよ……！　そもそも今日何すんのかって話も聞いてねぇんだから！」

「あー、せやったせやった。そういえば何も伝えてへんかったね」

シロナはケラケラと笑った後、自分のスマホを見せてきた。

そこには美味《うま》そうなパンケーキの画像が映っている。

「りんたろーさん、カフェ巡りしましょ」


最初に連れていかれたのは、ビビットカラーの装飾が目に悪い、とにかく派手なカフェだった。

「ここのパンケーキが有名らしくてなぁ。ずっと食べたいって思ってたんよ」

「ふーん……？」

外に置かれた看板には、ホイップクリームがこれでもかと載せられたパンケーキの写真が貼られている。

　これを頼むとして、果たして食い切れるのだろうか。

　まあ別に俺まで同じ物を食べる必要はないんだろうけど、そもそもこいつ自身が食い切れるのかどうかの方が心配である。

　実際に見たことはないが、ＳＮＳに載せる写真だけ撮って、料理を残す輩《やから》もいるらしいではないか。

　こいつがそういう部類の人間だったら、その時は容赦なく叱ってやる。

「りんたろーさんは何食べる？」

「俺は……」

「すみませーん！　スペシャルパンケーキ二つー！」

「おい、話聞けよ」

　席に着いた途端、シロナは近くの店員に注文を告げてしまった。

　こっちはまだメニューも見ていないっていうのに。

「ええやんええやん。ここに来てパンケーキも食べんで帰るなんて、ウチが許さへんもん」

「許すとか許さないって話じゃねぇだろ……」

「えー？　だってりんたろーさん、絶対自分じゃパンケーキ頼まへんやろ？」

「……」

図星である。

「騙《だま》されたと思て、ここのパンケーキ食うてみ？　きっと後悔せえへんから！」

「お前も来るの初めてだろうが」

「おー、ナイスツッコミや。もっと声を張り上げたら七十点はあげられたわ」

それでも七十点なのかよ。

って、そんな話はどうでもよくて。

「口調で決めつけて悪いが……あんた、関西の人なのか？」

「そうよ？　京都生まれ、京都育ち。東京には高校入学と同時に来て、今は二年目ってところやね」

「へぇ、こっちに受けたい高校でもあったのか？」

「いんや、別に？」

俺は素直に疑問を抱き、首を傾《かし》げた。

「ウチとクロメは中学の頃から動画投稿を始めたんやけど、すぐにバズってしもうて。そんですぐに今の事務所から声がかかって、ちょうどその本社が東京にあるさかい、ついでにこっちの高校通おうってことになってん。まあウチもクロメもとびっきりの美少女やから？　声がかかるのも当然やな」

「……」

「……一応、ツッコミどころやで？」

「は？　別に間違ったこと言ってねぇだろ、あんた」

　ツッコミどころなんてなかったはずだ。

　こいつとあのクロメとかいう女が、ミルスタに負けず劣らずの美少女であることなんて百も承知。

　こっちからすれば、否定する気すら起きない。

「……なるほどぉ、そういうところであの子たちを籠絡《ろうらく》したんか。えらい男前やなあ」

「なんの話をしてんだ？」

「自覚ないのも憎いわぁ……ま、切り替えていきましょ」

　何やら動揺していたようだが、シロナはすぐに表情を先ほどまでのものに戻す。

「それじゃつまり、スカウトがあったから東京に来たってわけなんだな」

「そゆこと」

「……つーかもう一人の名前で思ったんだけど、わざわざ俺に声をかけなくても、あいつを一緒に連れてくればよかったんじゃねぇか？　どうして俺に連絡なんて」

「りんたろーさんは鈍感やねぇ。簡単な話ですわ。ウチがりんたろーさんとデートしたかったから声をかけた。それだけのことやで」

「……」

普通なら、ここは喜ぶポイントなのだろう。

今をときめくチョコレート・ツインズの片割れから、デートに誘われた。

俺が彼女らのファンだったとしたら、きっと来世まで忘れない思い出になったはず。

ただ、贅沢《ぜいたく》な話、そういうのはもうあいつらとの生活でお腹《なか》一杯なのだ。

「……っと、どうやらパンケーキが来たみたいやで」

シロナが見ている方に視線を向ければ、向こうから俺たちの頼んだスペシャルパンケーキを運んでくる店員の姿が見えた。

お盆にパンケーキを載せた店員は、俺たちのテーブルの側《そば》に立ち、それぞれの目の前に皿を置く。

「こちらスペシャルパンケーキです。メープルシロップ、チョコレートソース、キャラメルソースがついておりますので、お好きなソースをかけてお楽しみください」

店員の言葉通り、広めの皿にはパンケーキの他に三つのソースがついていた。

これだけホイップクリームが載っているというのに、まだ甘味を追加できるというのか。

甘党ではない俺は、見ているだけでも胸やけしてしまいそうである。

「おっと、写真撮らな」

そう言いながら、シロナは再びスマホを取り出し、シャッターを切る。

「加工は後でするとして……まずは食べよ。時間置いてクリームが崩れでもしたら台無しや」

律儀に手を合わせるシロナを見て、俺も食前の儀式を済ます。

そして改めてパンケーキに視線を向けるのだが……。

「……マジでとんでもない量だな」

載せられたホイップクリームは、まるで山脈のよう。

パンケーキ自体にもしっかりと厚みがあり、それでいて大きい。

あまり考えるべきではないことは分かっているが、カロリーだけでいえば、こってり系のラーメンと大差ないように思える。

「りんたろーさんは甘い物苦手なん？」

「まあ……特別好きってわけじゃねぇな」

「あれま。そら悪いことしたなぁ……でもここのクリームは、見た目ほど甘くないらしいで？」

これが甘ったるくないわけがないだろ――――なんて思いながら、俺はパンケーキを切り分け、口に運んでみる。

ふわふわのパンケーキと濃厚なクリームが、口の中で合わさった。

その瞬間、俺は衝撃を受ける。

「……うまっ」

クリームは確かにとてつもなく甘い。

甘いのだが、まったくくどくないというか、意外とあっさりしているというか。

ぶっちゃけいくらでも食べられそうな気がしてくる。

「せやろ？　じゃ、ウチも失礼して」

シロナがパンケーキを口に運ぶ。

そして口に運んだ途端、彼女の顔から笑みが溢《あふ》れた。

「おいひぃ～！　やっぱり流行《はや》りもんは信じるべきやなぁ」

「……好きなのか？　甘い物」

「んー？　いや、人並やと思うで。そもそも甘いもんが嫌いな女子なんておらへんし」

確かに、そういうイメージはある。

「あと、基本的に可愛《かわい》いもんが嫌いな女子もおらん。このパンケーキなんて、まさに女子の理想が詰まった宝石箱や」

「へぇ……」

見渡せば、店の中にいるのは女性がほとんどだ。

少なからず男性もいるが、俺のように相方の女性がいる人ばっかり。

外観からして、男だけで入るのは気が引けるしな、ここ。

（女子の理想、か……にしても、これどうやって作るんだろ）

俺は再びクリームをたっぷりとつけたパンケーキを口に運ぶ。

やはりちゃんと甘味を感じるのだが、それが口の中に残り続けない。

一言で表すなら、とても上品なのだ。

今のシロナの話を踏まえれば、あいつらもおそらくこのパンケーキを前にすればテンションが上がるだろう。

もしもこれを家で作ることができれば、あの企画にも――――。

「……妬《や》けるなぁ、りんたろーさん。ウチというものがありながら、あの子らのこと考えてる」

「うおっ!?」

驚いて顔を上げれば、目と鼻の先にシロナがいた。

何故《なぜ》こんなにも顔が近いのか。

俺はさらに連鎖的に驚いてしまい、思わずのけぞる。

「にゃはは！　やっぱりからかい甲斐《がい》がありますなぁ、りんたろーさんは」

「っ……なんであいつらのこと考えてるって分かったんだよ」

「そりゃウチがエスパーやから？」

「んなわけあるかよ」

「ツッコむ時はもっとガツンとこんかい！……まあええけど！　単に女の勘が働いただけや。意外と分かるもんなんやで？　結構男子って単純やさかい」

「……そういうもんかねぇ」

そう言いつつ、俺は内心でビビっていた。

勘とは言いつつも、結局俺の顔にある程度感情が出てしまっていたのだろう。

だいぶ分かりやすい顔をしていたということだ。

この女の前に感情や思考が分かりやすい状態で座っているというのは、かなり危険であると思う。

「てゆーか、りんたろーさんは彼女おんの？」

「今聞くのかよ……別にいねぇけど」

「ふーん？　てっきりあの子らのうちの誰かと付き合《お》うてるんかと思たわ」

「色々疑問なんだが……そう思っていたなら、どうして俺をわざわざ誘ったんだ？　そこまで俺にこだわる理由はなんだ？」

俺がそう問いかけると、シロナは妖しい笑みを浮かべた。

「ゆーたやんか。人のモノほど欲しくなる気質やねん、ウチ」

「……じゃあ俺にこだわるのも、誰かのモノだと思ったからか」

「いや……それは、うん」

シロナの歯切れが突然悪くなる。

さらに照れた様子で顔を赤くしているのを見て、俺は疑問を浮かべた。

「その……ウチがあんたに一目惚《ひとめぼ》れしたって言ったら、笑う？」

「ひとめっ――――」

思わず吹き出しそうになり、俺は口を押さえた。

危ない、むせるところだった。

「ミルスタのハロウィンライブでぶつかった時から、りんたろーさんの顔が頭から離れへんのや。なんていうか……強いシンパシーを感じたんよ」

「……シンパシーってなんだよ」

「りんたろーさん、親にあんまいい思い出ないやろ」

「っ……！」

しまった、完全に顔に出た。

図星を突かれた顔をした俺を見て、シロナは再び目を細めるようにして笑う。

「ドンピシャみたいやなぁ。ウチの感じたシンパシーは本物やったか」

「どうして分かった……？」

「親とわだかまりがある子って、なんとなく同じ顔をしてるんよ。小さい頃に強い孤独を味わった顔って言うんかな？　ウチにはそれが分かる」

そう言いながら、シロナは俺の目を覗《のぞ》き込んでくる。
なんだ、この心の奥まで見透かされそうな感覚は。
心がざわざわして落ち着かない。
しかしここで目を逸《そ》らすのも、負けた気分になる。
俺は臆することなくシロナの目を見つめ返した。
——それは、気のせいだったのかもしれない。
いや、むしろ気のせいであってほしかった。
シロナの目の奥の、更に深いところ。
その部分に、〝俺〟がいた。
雷雨の中、あの広い家で孤独に耐えていた頃の俺がいた。
「この先の話は……そうやなぁ。ここではちょっと話しにくいわ」
シロナは椅子に深く腰掛け直し、パンケーキに視線を落とす。
「とりあえず食べよか。今日は夜まで帰さへんで？」

◇◆◇

「はー！　美味《おい》しかったなぁ、パンケーキ」

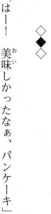

カフェを出たシロナが、そんな風に告げた。

対する俺はというと……。

「うっ……」

店を出た途端、俺はよろけてしまう。

「あらま、やっぱりちょっと多かった？」

「どう見てもそうだろ……」

とにかく胃が重たい。

最初はいくらでも食べられそうだと思ったクリームだったが、食べているうちにそれは幻想だと気づいた。

何しろ量が多すぎる。

普通に腹が膨れすぎて気持ち悪いのか、それともクリームの甘みで気持ち悪いのか、自分でも分かっていなかった。

「よくピンピンしてられるな……あんた」

「普段から動き回っとるせいで、めっちゃカロリーが必要なんよ。あの子らもそうなんとちゃうん？」

「……なるほどな」

あいつらなら、ここのパンケーキくらいぺろりと平らげるだろう。

それと同じと言われれば、俺は納得せざるを得ない。

「そんじゃ次行きましょか！」

「おい……俺はもうこれ以上食えねぇぞ」

「大丈夫大丈夫、りんたろーさんはついてくるだけでええから」

そう言いながら、シロナが俺の手を引く。

今すぐにでも帰りたい気持ちだが、まだこいつからミーチューブでバズる方法とやらを聞いていない。

それに……こいつの過去、それも気にならないと言ったら嘘《うそ》になる。

（……今日一日は付き合うって話だったしな）

離脱するという選択肢を省いた俺は、大人しく彼女の手に引かれることにした。


次に俺が連れて行かれたのは、クレープ屋だった。

店の前には女子の行列ができている。

この様子だと、少し待つことになりそうだ。

「ここのクレープも有名なんよ。とにかくクリームの量が多くてなぁ」

「またクリームかよ……」

「クリームなんてほぼ液体みたいなもんやし、いくらでも入るやろ。理論上」

「意味分からん」

気持ち悪くなるだろ、普通。

――――と、ここで一つ注意喚起のためにうんちくを語っておこう。

自分で作ってみると分かるのだが、甘い物には人が想像しているよりはるかに多くの砂糖が入っている。

どんなに抑えたと言っても、スイーツや菓子である以上、限界があるのだ。

砂糖は百グラムあたり四百キロカロリーもある。

クッキー一枚に含まれる砂糖は、約五グラム。

つまり二十枚食べれば、そのまま四百キロカロリー、さらに他の材料の分も合わせれば、とんでもない量のカロリーを摂取することになるわけだ。

ホイップクリームだって例外ではない。

さっきのパンケーキを摂取した段階で、一日に摂《と》っていい糖分の限界は超えているはず。

太りたいなら好きにすればいいが、一般人はその辺り自分がどれだけの糖分を摂取したのか考えながら生活すると、少しは体型維持に繋《つな》がるぞ。

（ほんと、どうして俺の周りにいる芸能人はこうも超人ばっかりなのか）

あれだけの糖分の後に、まだ糖分を摂ろうとしているシロナ。

その体型は、崩れているどころか完璧な整い方をしていた。

肉がついていてほしい部分にはしっかりついており、ない方がいい部分はキュッと引き締まっている。

その綺麗《きれい》な顔面も相まって、男として惹《ひ》かれないわけがない。

ただ中身を知ってしまった以上、俺からすれば好感よりも疑いが強くなってしまったわけだが。

「なんや、ウチの体に興味があるならもっと早くゆーてくれてもよかったんやで?」

「は?」

「ジロジロ見てたやんか。ウチは見られるの大歓迎派よ?」

からかうような表情を浮かべながら、シロナはぎゅむぎゅむと体を押し付けてくる。

確かな柔らかさに一瞬意識を奪われそうになるが、すぐにここが人前であることを思い出し、雑念を振り払った。

「お、おい……せめて時と場所は選べって」

「誰もいないところならええってこと?」

「そういうわけじゃ……」

揚げ足とりやがって。

しかし俺が強い言葉で拒絶しようとする前に、シロナはスッと体を離した。

「まあまあ、そう警戒せんでもええやん。こうして変装してる限り、ウチらに注目する人なんてだーれもおらへんのやから」

「……？」

「ほら、列が進むで」

一瞬寂しそうな顔をしたシロナだったが、気づけばこれまで通りの表情に戻っていた。

こいつがただのからかいたがりなのであれば、俺も突っぱねるのは簡単だ。

しかし、この何かを抱えている雰囲気が、そうしようと思う俺の気持ちを削《そ》ぐ。

女狐《めぎつね》ともいえるこの女のことだ。もしかするとそこまで計算ずくなのかもしれない。

これは参った。

こうも何を考えているか分からないと、こっちが常に色々と考え込んでしまうせいで糖分が足りなくなる。

もしかしたら、今から食べるクレープも食べ切れてしまうかも――――。

「……と、思っていた時代が俺にもありました」

「？　どないした？」

「いや、なんでもねぇよ」

シロナが店員から受け取ったクレープは、まるでバケツのような大きさだった。

いや、さすがにバケツは言い過ぎか？

ただそう錯覚してしまうほどに大きい。

片手で持つことはまず不可能。

両手で握ってようやく支えられるレベル。

そしてそうやって持てるのは一番細い部分の話であり、もっとも広くなる部分は本当にバケツくらいの大きさになっている。

そこにはホイップクリームとカスタードクリームがこれでもかと載っていて、見ているだけでも胸やけしそうなほどの威圧感を放っていた。

「やっぱでっかいなぁ！　せや、これも写真撮らな。りんたろーさん、ちょっと斜め上から撮ってくれへん？」

「別にいいけど……こういうのって他人が撮るのは大丈夫なのか？　ファンから変に勘繰られたりしねぇの？」

「だいじょぶだいじょぶ。なんか言われてもクロに撮ってもらったって言うし」

「あー、それができるのか」

と、ここで一つの疑問が俺の中に生まれる。

「クロメだっけ……あの人ってあんたにかなり心酔してるよな？」

「ん？　まー、そうやね」

「俺とこうして一緒にいるって話したら、めちゃくちゃ怒られたりしねぇの？」

た。


「まー、怒るやろうね、あの子は」

　そう言って、シロナはケラケラと笑う。

　こっちからすれば笑い事じゃない。

　ハロウィンライブの時、あの女はシロナに少し近づいただけで敵意を剝《む》き出《だ》しにしてきた。

　それがこんな風に休日を共に過ごしているのだと知られたら、俺の印象的に突然殴りかかられてもおかしくないと思ってしまう。

「あの子、ウチ以外の人を信用してないんよ。だから下手したらスタッフにも嚙《か》みついてまうの。まあウチが止めればちゃんと止まるし、そこは制御してあげてるけど」

「すげぇな……仕事に支障が出そうなもんだが」

「にゃはは！　支障なんて出えへんよ。ウチ天才だもん」

　シロナが決め顔という名のどや顔をかます。

　少しイラっとしたが、こいつが天才というのは本当の話なのだろう。

　何も勉強ができるとか、スポーツができるから天才ってわけじゃない。

　俺からすれば、どういう形であれ働いている奴《やつ》らは皆天才の部類に入る。

　俺にできないことをしているのだから、当たり前の話だ。

　その中でもこいつやミルスタの三人は、頭一つ抜けた天才たち。

この女のことは苦手だが、尊敬はしている。

「ほら、そろそろ写真撮ってよ」

「……はいよ」

シロナに言われた通り、俺は彼女がかけているバッグからスマホを抜き取って、カメラを起動する。

そして少し上からクレープを写し、シャッターを押した。

「こんなもんか？」

「うん、よお撮れとるね。あ、ここで一つミーチューバーズヒント！」

「きゅ、急になんだよ……」

「ミーチューブのこと教えるゆーたやろ？　これがバズるために必要なヒントの一つや！」

シロナは一旦クレープを俺に預けると、何やらスマホをいじり始める。

そして先ほどのクレープの画像を、俺に見せてきた。

「これがりんたろーさんの撮ってくれたクレープな？　そんでこれが、ちゃんと加工したクレープ」

画面をスワイプすると、そこにはキラキラ加工の入ったクレープの画像があった。

いや、よく見ればキラキラだけではない。

全体的な彩度が上がっており、普通に撮った物よりも美味《おい》しそうに見える。

「……すげぇ」

「やろ？　加工のことを悪くいう人もおるけど、人目を惹きたいなら加工はすべきなんよ。SNSなんて、一人でも多くの人が注目してくれることこそが正義。より可愛《かわい》く、より美味しそうに見せることが大事やで」

ただし――――。

そう前置きした上で、シロナは言葉を続ける。

「ないもんをあるように見せたりするのはNGや。加工詐欺なんて言葉があるけど、それに関してはただの詐欺やからな」

「たとえば？」

「このクレープにもイチゴが載ってるけど、このイチゴの数を増やしたりするのはアカン。店側に迷惑がかかる可能性があるから」

「あー……」

インフルエンサー側にクレームが入るならともかく、店側に〝話が違う〟と苦情を入れる輩《やから》が現れる可能性もあるということか。

確かに店側からしたらいい迷惑だろう。

「結局ウチらは人様が作った物を上げさせてもらっとるだけやさかい。撮影だけして食べ切れずに残すとか、映《ば》えだけを意識して詐欺加工をするとか、そういうのはしたらアカンちゅー話」

「……肝に銘じとくよ」

あまりの正論に対し、俺はただ頷《うなず》くことしかできなかった。

それから俺は、またもやシロナに連れられる形で老舗《しにせ》の喫茶店に入った。

静かな空気が流れるその喫茶店で、シロナは注文したショートケーキを口に運ぶ。

「ん～！　おいひぃ！　ここのショートケーキも有名なんよ」

シロナの顔は、どこまでも幸せそうだ。

俺にはそれが信じられない。

「あんた……下手したら致死量だぞ、今日摂取した糖分」

「にゃはは、ウチを舐《な》めたらアカンよ？　デザートなんて無限なんやから」

そう言いながら、シロナはもう一口ケーキを頬張る。

あのバケツクレープを、こいつはペロリと完食した。

瞬《まばた》きをするたびに消えていく山盛りのクリーム……。

あれは志藤凛太郎《しどうりんたろう》の十七年の人生で、もっとも信じられない光景と言っても過言ではなかった。

「ま、さすがにしばらくは甘いもんは食わんかもなぁ。体型維持のためのトレーニングがきつくなってまうから」

「ぜひそうしてくれ。見ていると心配になる」

「あれま、敵のことも心配してくれはるん？　優しい人やなぁ、りんたろーさん。惚《ほ》れなおしちゃう」

「うるせぇよ……」

俺は盛大にため息をつく。

せっかく回復したはずの体が、妙に重い。

体調が悪いわけではない。純粋にめちゃくちゃ疲れたのだ。

「……ここならいいだろ」

「んー？」

「さっきのあんたについての話、もう少し聞かせろよ」

これ以上引っ張るのは、精神的にキツイ。

この静かな喫茶店であれば、少し重たい話をするにもちょうどいいだろう。

「そんなにウチの話が気になるん？　もしかしてウチに惚れたりとか――」

「してねぇよ」

「あんっ、ほんまにいけずやわぁ」

　体をくねくねと揺らすシロナに、俺は冷たい目を向けた。

「……もうっ、冗談も通じひんの？」

「そういう空気の話じゃないってだけだ」

「ふー……せやね、りんたろーさんの言う通りや」

　シロナの雰囲気が、突然落ち着いたものへと変わる。

　人が変わった……とまではいかないが、この底知れなさが俺に警戒させる要因になっていた。

　ただ、さすがにこの雰囲気は、取り繕ったものではないように思える。

「ちょっと重い話になるけど、聞ける？」

「そういうのは慣れてる」

「にゃは、じゃあ遠慮はいらんね」

　ケーキ用のフォークを置いたシロナは、ゆっくりと口を開いた。

「ウチと、ついでにクロメもなんやけど……二人ともいわゆる施設出身でな、親の顔もほとんど覚えてないんよ」

「……」

　施設――――親を失ったり、捨てられたり、つまりは行き場のない子供が育つ場所。

もちろんそういう場所があることは知っているが、実際にそこにいた人に会うのは初めてだ。

「関西の田舎の、ちーっこい施設でなぁ……食べるもんとか、おもちゃとか、全部質素やったけど、温かい場所やった」

「……」

「あ、先に言っておくけど、同情してほしいから話してるんとちゃうで？　りんたろーさんだから話しとるのよ」

「分かってる」

「……ならええわ」

シロナは安心したように微笑《ほほえ》む。

たとえ話の内容が重く苦しいものでも、俺はそれを玲《れい》たちには話さない。

特に玲は、この生い立ちを聞いて同情してしまうだろう。

その感情は、ツインズの二人からしても、勝負を楽しむファンたちからしても、不必要なものだ。

「念を押すようやけど、本当に温かい場所やったのよ。……そやけど、親に捨てられたっていう途方もない絶望は、中々埋まらんもんでな」

口は挟まないが、そりゃそうだろうと思った。

自分がそうだったから分かる。

どれだけ苦しくても、どん底でも、手を差し伸べてくれる人はいる。

俺がもっとも沈んでいる時に助けてくれたのは、バイトとして雇ってくれている優月《ゆづき》先生や、雪緒《ゆきお》だった。

そして今は、玲たちがいる。


――それでも。


みんなが埋めてくれた穴は、どこか別の穴だ。

母親によって開けられた穴は、一生埋まらない。

俺はその穴を抱えたまま、この先も生きていくのだ。

「そこでウチは考えたんよ。ウチが世の中でうんと有名になったら、両親も見つけてくれるんやないかって」

「……！」

「名案やろ？　それがウチとクロメがアイドルを目指したきっかけ」

「まさか、ミルスタに勝負を吹っかけてきた理由は……」

「気づいてしまったようやね。そう、それが一番目立つと考えたからや」

何故《なぜ》ツインズがわざわざ喧嘩《けんか》を売ってきたのか、この場で聞いてやろうかと思っていたくらい、そのことがずっと疑問だった。

こいつらは、面と向かって『喧嘩の理由に興味はない』と言っていた。

この勝負、負けて失うものはあれど、勝って得るものはほとんどない。

勝負自体やるだけ無駄なのだ。

それでもツインズは、外堀まで誘導して勝負の場を作り上げた。

そのすべてが目立つための行いだったとしたら、すんなりと納得がいく。

「ミルスタの知名度も利用して、ウチとクロメは誰も無視できないくらい世間を騒がせる……！　そうすれば出てくるかもしれんやろ？　ウチらを捨てた親っちゅーアホどもが！」

「……親を見つけたら、復讐《ふくしゅう》でもするつもりか？」

「そこまで恐ろしいことは考えとらんよ。でも、罵るくらいのことはしてしまうやろな」

そう言って、シロナはケラケラ笑った。

俺にはどうしても、その姿が無理しているようにしか見えない。

「りんたろーさんなら分かってくれはりますやろ？　あんたもぎょうさん嫌な思いをしてきた目しとる」

「あんたと比べりゃ大したことねぇよ。単に母親が俺を置いてどっか行っちまったってだけだ」

「十分キツイっちゅーねん」

シロナのビシッとしたツッコミが決まる。

なるほど、上手《うま》く決まると案外気持ちがいいもんだ。

「お互い孤独を味わったって話については同意する。最近まで親父《おやじ》とも仲違《なかたが》いしてたし」

「最近までっちゅーことは、今はわだかまりも解けたん？」

「そうは言いきれねぇ。俺をほったらかしにしたのは事実だし、簡単に許していい話でもねぇし……けど、もう親父を憎いとは思わねぇ」

過去の清算なんて、どうせやり切れやしない。

だから俺と親父は、まったく新しい別の関係性を築いた。

過去から目を逸《そ》らし、未来だけを見る。

それが、どこまでも不器用な親父と俺の、前に進むための手段だった。

「……なるほど、りんたろーさんはもう前を向いてはるんやね」

「お節介は承知で言うが、あんたも折り合いつけて前を向くわけにはいかねぇのか？　今のあんたには、ついてきてくれる仲間も、ファンもいるだろ」

「アイドルとか、ファンとか、ウチにとっては実際どうでもええ。好きに推して、好きに嫌えばええ。ウチらの名前を少しでも広めてくれればね」

「……どうでもいい、か」

俺は、シロナの背後に巣食う大きな闇を見た。

しかし、今の発言は違う。

これを本心だと思っているのなら、こいつはとんだ勘違い女だ。

「……話してくれてよかったよ。俺はもう帰る」

「あら？　夜まで付き合《お》うてくれへんの？」

「もう夕方だし、十分付き合ったろ。それにこっちは聞きたいことが聞けて満足してんだ」

俺が一番知りたかったのは、ツインズがミルスタに喧嘩を売った理由。

それが分かった今、ここに用はない。

「あいつらは絶対に勝つ。それが分かったから、もういいんだ」

「……」

「じゃあな。甘い物の摂《と》りすぎには気をつけろよ」

俺はテーブルに自分の飲んだコーヒー代を置いて、席を立つ。

「……ほな最後に教えたるよ、ミーチューブでバズる秘訣《ひけつ》」

出入口へと向かう途中、後ろでシロナがそんな風に言った。

俺は一度足を止めて、振り返る。

「炎上を恐れないことや。多少のワルに目をつぶってでも、とにかく注目されればええねん」

「……なんでやねんって言えばいいのか？　嘘《うそ》ばっかつくなよ」

「っ！」

きちんとツッコんでやると、シロナは少し驚いた顔をした。

今の言葉が嘘であることくらいすぐ分かる。

何故ならツインズ自体が炎上商法をやっていないから。

「にゃはは！　やっぱりんたろーさんはおもろいなぁ。ほな、ミルスタのみなさんにもよろしゅう」

「ああ、伝えとくよ」

手を振るシロナを背に、俺は喫茶店をあとにした。

◇◆◇

「シロナに会ってきたぁ!?」

「声がでけぇよ……！」

シロナと会った日の夜。

俺はカノンを自室に呼び、今日あったことを報告していた。

ちなみに玲とミアは二人で風呂に入っている。

玲が疲れすぎて風呂を嫌がったため、ミアが洗ってやってるらしい。

わざわざカノンをリビングではなく自室に呼んだのは、今からする話をできるだけこの場だけのものにしたいからだ。

「別に聞こえやしないわよ……それで、わざわざ敵と会ってきた理由は何？」

「まず向こうが声をかけてきたんだよ。ミーチューブでバズる秘訣を教える代わりに、自分とデートしろって。あと、いい加減変にからかわれるのにイライラしてたってのもあるかな」

「ふーん……？　てっきりあんな美少女に迫られて、浮かれてホイホイついていったのかと思ったわ」

「んなわけあるかよ」

俺がそう言うと、カノンはニヤッとした笑みを浮かべる。

「そうよね！　あんたの周りにはこんなに可憐《かれん》な美少女がいるんだもの！　今更よその女に目移りしたりなんかしないわよね！」

「まあ、そうだな」

「……言い出したのはあたしだけど、そこはちょっと突っ込んでよ」

顔を赤くしたカノンは、何故か縮こまってしまう。

自分から言い出しといて、こいつは何を照れているんだ？

ていうか、このやり取りどこかでもやったな。

「それで、結局どんな話をしたのよ」

「……普通に世間話と、ミーチューブでのバズり方をいくつか」

シロナは、自分の過去を俺だから話したと言っていた。

ならばその内容を、俺が周りの人間に話すわけにもいかない。

一瞬何かを誤魔化そうとしたことについて、カノンはきっと何か違和感を覚えたことだろう。

「そ。じゃあそのバズり方とやらを教えてもらおうかしら」

しかし、その違和感に簡単に踏み込んでこないところが、こいつのすごいところ。

俺が触れられたくない部分なんだと、瞬時に察したらしい。

「そのバズり方を聞いて、あの二人にはあたしからそれを伝えればいいんでしょ？」

「さすがカノン、話が分かるな」

「最初にあたしに話したのは賢明よ。特にレイは素直すぎて、あんたの話を早合点するかもしれないし」

俺もそう思う。

天宮司《てんぐうじ》の件を踏まえて、俺は変に隠し事をしないと決めた。

ただ、話さなくていいこともこの世にはたくさんある。

俺とシロナが休日を二人で過ごしたという話は、誰も知らなくていいことだ。

どのみち話した内容のほとんどは共有できないしな。

「……で、バズり方っていうのは？」

「とにかく盛ることらしい。人から注目を浴びたいなら、少しでも可愛《かわい》く、少しでも美味《おい》しそうに見せるべきだって」

「……それだけ？」

「ああ。あと、そこにある物を綺麗《きれい》に加工するのはいいけど、ない物をあるように加工するのはNGって言ってたな」

カノンの目が丸くなる。

その後何を思ったか、俺に対し憐《あわ》れむような視線を向けてきた。

「あのねぇ……そんなの女の子なら当たり前にやってることよ？」

「え、そうなのか……？」

「まず自撮りを加工するのは常識として、食べた物とかアクセサリーとか、SNSに上げる物は基本的に加工するに決まってるじゃない。その方が写りがいいんだから」

そう言いながら、カノンは自身のSNSを見せてくる。

そこにはMV用の新衣装や、私服を着た姿が並んでいた。

「ほら、この画像とか見てみなさいよ」

カノンが選んだのは、レッスン終了後の自撮り。

トレーニングウェアを着ているカノンが、顔の近くでピースしている。

「……別に変なところはねぇな」

「当たり前よ、そう見えるように加工してるんだから。で、これが加工前ね」

次に見せられたのは、同じ構図の写真だった。

しかし、明確に違う点がある。

「顔色が少し悪いか……？」

照明の影響だろうか？　加工後と比べて、覇気がないように見える。

部屋全体の雰囲気も、どことなく暗く、冷たい印象だ。

「そう、この時はクールめな曲のレッスンをしたばかり。うちらは練習の時から雰囲気づくりのために照明なんかをいじるから、スタジオ全体が明るくなかったの。そうなるともちろん顔色も悪く写るけど、それをそのままSNSに上げたら、ファンの皆が心配しちゃうかもしれないでしょ？」

「ああ、そいつは不本意だよな」

「そゆこと。だから全体の明度を上げる加工と、キラキラしたエフェクトをかけて、写真丸ごと明るい雰囲気にしたのよ」

確かにこれを見て、カノンの体調を心配する人はいないだろう。

可愛い物をさらに可愛く見せる加工とは、いささか異なる技術。

当たり前のように見てきた物も、どこかこういった工夫がなされていたからこそ、当たり前に見えていたのかもしれない。

「あたしたちのために動いてくれたのはありがたいけど……とんだハズレくじだったわね」

「ああ、まったくだ」

やられたな、まさか加工が女子の中では当然の技術だったなんて。

いや、俺が知らなかっただけか？

なんにせよ、自分の空回りっぷりが恥ずかしい。

「……あんたさ」

手で顔を覆う俺を、カノンが覗《のぞ》き込んでくる。

「一応聞くけど、シロナとは本当に何もなかったのよね？」

「ああ、何もない」

「……分かったわ。だったらこのことは秘密にしとく」

呆《あき》れた様子で、カノンはため息をつく。

「あの時みたいに思い詰めてる感じもしないし、本当に何もなかったのね」

「あいつ、一応お前らの敵だぜ？　深く関わるようなことはしねぇって」

「……たまに思うんだけど、あんた、女子のことどう思ってるわけ？」

「どうって……？」

「周りにこれだけ美少女がいて、中には自分に好意を向けてくる子もいるってのに……ピクリとも靡《なび》いてないの？」

そんな質問に、俺は固まる。

これまでの俺は、ずっとそういうことについて考えないようにしていた。

俺が愛する女は生涯一人だけ、だから慎重に選ばなければならない——。

そう言い聞かせていた。

しかしそれは、どこまでいってもただの言い訳でしかない。

俺はただただ、今ある関係性が壊れてしまうことを恐れていただけだ。

この心の中には、すでに一つの結論が出ている。

自分の心が誰に向かっているのか、それはもう自覚した。

いつかそれを伝えなければならない時がくる。

ただしその時は、間違いなく〝今〟じゃない。

「そういうことを考えるのは、お前らの武道館ライブが終わってからだ。お前らをサポートしたいって言ってる俺が、そんな風に浮かれてたら変だろ？」

「……まあね。今あんたが色恋沙汰で騒ぎ出したら、その……あたしたちも色々困るから」

わずかにカノンが俺から目を逸《そ》らす。

「……そろそろあの子たちが出てくる頃ね。リビングに戻らないと」

「そうだな」

先に立ち上がったカノンが、扉に手をかける。

「――ねぇ、りんたろー」

そしてこちらに振り向かないまま、口を開いた。

「あたしたちだって、別に色恋に興味ないわけじゃないから」

「え……？」

「あんたにそこは勘違いしてほしくないの。……言いたいことはそれだけだから」

そう言い残し、カノンは先に廊下へと出てしまう。

俺は少しだけ待ってから、同じく自室から出て、リビングへと向かった。

リビングに戻ってしばらく待つと、風呂場から玲《れい》たちが戻ってきた。

「ほら、レイ？　ドライヤーの前にちゃんと水滴を拭きとらないと、乾かすのに時間がかかるから」

「ん……」

玲の湿った髪を、ミアがタオルで押さえつけるようにして拭いている。

そうやってタオルドライされている玲は、長い髪の毛も相まってさながらゴールデンレトリーバーのようだ。

ちょうど色も金色だしな。

「おかえりー、結構長く入ってたんじゃない？」

「レイが本当に動きたがらなくて困ってたんだよ。まあ、今日はソロの案件もあったし、疲れてるのは分かるけどね」

肩を竦《すく》めながら、ミアが言う。

なるほど、どうりでこんなに疲れているわけだ。

「うーん、レイはもう寝かせてしまおうか。今日はカノンのナイトルーティーンを撮る予定だったよね？」

「そうね。撮影なら今いるメンツで事足りるし」

ナイトルーティーンとは、いわゆる普段寝るまでの決まった行動のことだ。

簡単なところでいえば、風呂とか歯磨きとか、そういった毎日必ず行っていることを動画にしていく。

「じゃあ申し訳ないんだけど、レイを寝かせてきてくれるかな、凛太郎《りんたろう》君」

「ああ、分かった」

俺は素直に了承して、玲の下へ。

家の中で撮影する以上、万が一にも俺が映るようなことがあってはならない。

だからここで俺が玲を連れて部屋に引きこもるのは、当然のことである。

「玲、行くぞ」

「ん……りんたろう、おぶって……」

「そんなに動きたくねぇのか……？」

普段はどれだけ過酷なレッスンがあっても、分かりやすく疲れた様子を見せない玲。

そんな彼女が、動きたくないというほど疲れている。

まだ半年という短い付き合いではあるものの、こんな姿は中々見ない。

「レイ、ここ数日ミーチューブの研究で遅くまで起きてるみたいなんだよね」

「え？」

やれやれといった様子で、ミアが言う。

そしてチラリとカノンの方に視線を向けた。

「はぁ……あたしも今更とやかく言わないことにしたわ。遊びとか趣味ならともかく、ちゃんと勉強してるんだもの、この子」

「そうそう、ちゃんと有名なミーチューバーの名前とか憶《おぼ》えてるし、提案してくる企画もそれっぽいものばかりになったよ」

「それで本業がおろそかになってたら叱ってるところなんだけど……一応、仕事も手を抜かずにやってくれてるから」

「最近ますます忙しくなって、負担はかなり大きいはずなんだけどね」

玲が努力家なのは間違いない。

それは誰もが認めている。

しかしそれで体を壊してしまえば本末転倒。

「ちゃんと見といてやらないとな……」

俺はそう呟《つぶや》きながら、玲の前で背を向ける。

それからミアとカノンの協力を得て、玲をおんぶした。

「じゃあ寝かせてくるわ」

「うん、頼んだよ」

玲を背負いながら、なんとか二階へ。

そして彼女の部屋を開けて、中へと入る。

「……」

どうして同じ家であるはずなのに、こうも甘い匂いがするのか。

掃除のために何度も入っているはずなのに、そのたびに妙な気分になる。

ここに長居するのはまずいと本能が言っていた。

「玲、ベッドに下ろすぞ」

「ん……」

自分ごと座るようにして、玲をベッドに置く。

そしてそのまま少し力を入れて押せば、彼女の体はたやすく横になった。

「んう……りん、たろう」

「はいはい、ここにいるぞ」

玲の頭の近くに腰を下ろす。

すると玲は、甘えるように俺の背中に頭をこすりつけてきた。

なんだ、この可愛《かわい》らしい動物は。

こっちは日々理性を保つことで必死だったりするのに、こんなことされるとめちゃくちゃ困る。

（でも……俺を信頼してくれてるわけだからな……）

玲も、あの二人も、俺を信頼しているから側《そば》に置いてくれている。

それを裏切るような対応をするわけにはいかない。

俺は玲の頭を撫《な》でようとした手を、ゆっくりと下ろす。

――――こうして誤魔化し誤魔化し過ごした先に、一体何があるのだろう。

「……おやすみ、玲」

そう言い残し、俺は玲の部屋を後にした。

◇◆◇

「帰ったよー、クロ」

「シロ……！　おかえり」

住んでいるマンションに帰ってきた途端、クロがウチに抱き着いてきた。

毎度毎度、クロはウチが一人で外出するとこうなる。

ウチがどこかへ行ってしまうのではないかと不安になるのだろう。

だからこうなった時は、その背中をゆっくり摩《さす》ってあげる。

「ほらほら、ちゃんと帰ってきたで？　安心せーな」

「うん。無事に帰ってきてくれてよかった」

「毎度大げさなんやから」

同じ孤独を知る人間との生活は、心が落ち着く。

りんたろーさんには、『クロは人を信用しない』という風に言ったけど、それは半分嘘《うそ》。

正解は、ウチもクロも、人を信用していない――――だ。

この孤独を知らない人は、またウチらに同じ思いをさせるかもしれない。

だから信用できない。

その点、クロといると安心できる。

孤独の辛《つら》さを知っているこの子は、ウチにもうそんな思いをさせないようにしてくれるから。

「ほら、中行こ？」

「うん」

ウチらが借りているマンションの間取りは、２ＬＤＫ。

リビングに対して、寝室、そしてミーチューブ用の撮影部屋がくっついている感じだ。

「……そろそろ引っ越してもええかもな」

ウチは撮影用機材などで手狭になってきたリビングを眺めながら、そうつぶやいた。

「うん、編集部屋とかもほしい」

「せやなぁ……いつまでもダイニングテーブルで編集しとると、腰に悪そうやし」

チョコレート・ツインズのチャンネルは、撮影から編集まで、全部ウチらだけで行っている。

外部の人間は、当然信用できない。

それでも事務所に入った理由は、事務所側との利害が一致したから。

ウチらは面倒くさい他事務所からの勧誘を弾《はじ》きつつ、事務所の名義で好き勝手できる。

その代わり、ウチらは事務所にチョコレート・ツインズという名前を貸しているのだ。

ウチらの名前があるだけで、事務所として箔《はく》がつくらしい。

まあＷＩＮＷＩＮというやつだ。

「とりあえずお腹《なか》減った！　なんか出前でも頼も？」

「あれ？　外で食べてきたんじゃないの？」

「んー、ちょっと予定が変わってな」

りんたろーさんのことは夜まで振り回したろと思っていたのに、早々に逃げられてしまった。

こちら側としては、確認したいことはすべて確認できたし、楽しい時間も過ごせたし、思い残すことは特にない。

しかし、ウチみたいな美少女とのデートを途中で離脱できるあの人の神経が理解できなかった。

できるだけ一緒にいたいと思うのが普通だと思っていたのに。

周りに美少女が多いからって、変に慣れてしまったんじゃないだろうか？

なんとも贅沢《ぜいたく》な話である。

「……こういう時、ウチらにもパッと料理が作れればええんやけど」

綺麗《きれい》に整頓されているキッチンを見て、ウチは苦笑いを浮かべる。

キッチンが綺麗な理由は、至極単純。まったくと言っていいほど使っていないからだ。

「ミルスタの子らはええよなぁ、あんなサポーターなんてつけて。りんたろーさんの料理、きっと目玉飛び出るほど美味《うま》いんやろなぁ」

「……最近のシロ、ずっと〝りんたろう〟の話ばかり」

「だって羨ましいんやもーん。あない好みな男、中々おらへんで？　間違いなくウチら側の人間やし」

「今日はそれを確かめに行ったんじゃないの？」

「そうそう、実際あの人はこっち側……って」

ウチはおそるおそるクロの顔を見る。

「……いつから気づいとったん？」

「今日は留守番しててって言われた時から、なんとなく」

「はぁ～、こりゃ一本取られたわ」

まさか、あのクロがウチの行動に気づくとは。

色恋には鈍感だと思っていたこの子も、実は成長しているんだろうか。

「黙って行ったこと、怒っとらんの？」

「不満はあるけど、怒ってはないよ。シロにとって必要なことだったんだろうし、それに……りんたろうって人、あんまり嫌な感じしないから」

「へぇ、あんたがそう言うなんて珍しいね」

生粋の人間嫌いであるはずのクロが、とげとげしい態度を取っていない。

それだけで、長年一緒にいるウチは素直に驚いてしまう。

「雰囲気がちょっとシロに似てる。だからあんまり怖くない」

「……ふーん、やっぱクロもそう思ったんやな」

ウチは思わず笑ってしまう。

好みのタイプで、クロもあんまり警戒していなくて、ウチらと同じ孤独を知る男の子――。

そんな人、放っておけないに決まっている。

「なあ、クロ」

「何？」

「りんたろーさん、本当に奪っちゃう？」

あんな風に、すべて持ってます！　みたいな顔してる子たちに、りんたろーさんはもったいない。

ウチらみたいな人間は、集まって傷を舐《な》め合うのが一番だ。

「シロが欲しがるなら、私は協力するだけ」

「んー！　クロはほんまかわええなぁ！」

りんたろーさんさえ奪えば、きっとミルスタなんて敵じゃない。

勝ち負けはどっちでもいいというのは本音やけど、気分的には勝った方がいいに決まっている。

ぼちぼち投票期間が始まる頃だ。

土俵はウチらが選ばせてもらったが、それだけで倒せるほどミルスタは甘くない。

しかし、だからこそ争う価値がある。

「人気も、男も、根こそぎウチらがいただいたるわ……！」

『どうもー！　ミルフィーユスターズでーす！』

『このたびボクらのミーチューブチャンネルを開設してみました』

『これからしばらく毎日更新していく予定なので、チャンネル登録してもらえると嬉《うれ》しい、です』

　ミルフィーユスターズの公式ミーチューブチャンネル、〝ミルスタチャンネル〟の初投稿動画。

　それはたった一日で多くの人に拡散された。

「すごいね、ミルスタ。昨日の夜に投稿された動画が、もう二百万再生超えてるよ」

　俺の前に座っていた雪緒《ゆきお》が、スマホの画面を見せながら話しかけてきた。

　ミルスタがミーチューブチャンネルを開設するというのは、世間的にもかなり驚きがあったらしい。

　ＳＮＳではいまだにトレンドに入っているし、ネットニュースでもバンバン記事が上がっている。

　これこそが、ミルスタが常にエンタメの最前線にいる証拠だった。

「ま、ひとまず喜びの声が大きくて一安心ってところだな」

「だね」

　多少批判のようなものが来るかと身構えていたが、今のところその気配はない。

　ファンたちは、ミルスタが今まで謎に包まれていたプライベートの姿を見せるという部分に大いに反応し、あらゆる界隈《かいわい》で盛り上がっている。

　チャンネル登録者も続々と増え、間もなく五十万人に届こうかといったところ。

　初動から増加ペースは加速しており、もしかすると明日までに百万人の大台に乗ってしまうかもしれない。

「まあ……ああやって質問責めに遭っちゃってるのは、ちょっと気の毒かな」

　雪緒が玲《れい》の座っている席に視線を向けながら、苦笑いを浮かべる。

　今日は彼女も登校日。

　最近では一週間に半分出席できればいい方の玲に対し、クラスメイトはえらく協力的だ。

　特別扱いせず、できるだけ普通に接することが、全体的な暗黙の了解になっている。

　まあ、それでも昨日の一大発表の後はさすがに仕方がない。

　今もミーチューブについて詳しく聞かれているのだろう。

「質問したがる気持ちは分かるよ。プライベートも少し見せるって動画で言っちまってるからな。どういう内容が公開されていくのか、気にならない方が難しい」

「まあねぇ……」

「あ、そうだ。前にお前がまとめてたノート、あれあいつらにも共有していいか？」

「え？　い、いいけど……今更何か役に立つ？」

「お前が集めた情報なら、きっと役に立つよ」

あいつらも、できることはすべてやろうとしている。

それなら俺も、投票期間開始まで足掻《あが》き続けたい。

「……そこまで言われちゃ、悪い気はしないよね」

そう言いながら、雪緒は自分の鞄《かばん》から数冊のノートを取り出した。

そのうちの一冊はこの前見せてもらった物だが、他のノートに見覚えはない。

「あれからまた暇な時間を見つけるたびに、こうやってノートにまとめてたんだ。もちろん全部じゃないけど、ツインズみたいにミーチューブで活躍してるアーティストのことは、結構まとめられたと思う」

「マジかよ……」

前とは違うノートを開き、中身を読む。

そこには、あらゆるアーティストが世に出した動画の中で、特に再生数が伸びているものがピックアップされる形で書き記されていた。

特に伸びた動画に関しては、内容についてまで事細かに説明が書いてある。

さらに視聴者のリプレイが多い箇所には別枠で説明が入っており、どうしてここが人気なのか、心理に基づいて解説してあった。

そして情報量もさることながら、ノート自体がとにかく見やすい。

勤勉な雪緒の性格が、これでもかと反映されている。

「例の人気投票バトルの件を聞いたから、ミーチューブに関しては重点的に調べたよ。それとツインズの研究だけしても偏っちゃうと思ったのと、正直彼女たちにツインズと同じ路線は合わないと思ったから、他の色んな人気ミーチューバーの情報も入れてみた」

「……ここまでくると、ミーチューブの教科書みたいだな」

メンバー構成まで載っているページを見つけ、俺は冷や汗を流す。

雪緒が、俺たちのためにここまでの労力をかけてくれた。

これに対して俺が返せるものなんて、簡単には思いつけそうにない。

「ありがとう、雪緒……このお礼は必ずする」

「気にしなくていいよ――――って言いたいところだけど、もしそのノートが役に立ったら、またミルスタのライブに連れていってほしいな。この前のハロウィンライブ、すごく楽しかったからさ」

「分かった、あいつらにとびっきりいい席を頼んでおく」

次のライブとなると、もうそれはチケット争奪戦不可避な武道館ライブになるはずだが……まあ、なんとかなるだろう。

◇◆◇

「へぇ……！　すごい分かりやすいわね！　このノート！」

雪緒からノートを借りた俺は、その日の夜に早速三人に見せてみた。

三人が三人ともノートの内容に釘付け《くぎづ》けになっており、すでに雪緒のノートが有意義に使われていることが実感できる。

「凛太郎《りんたろう》、これ全部稲葉《いなば》君が？」

「そうだ。勉強の合間とかにまとめてくれたらしいぞ」

「本当にすごい……視聴者数が増えやすい時間帯まで、全部まとめてある」

実際にミーチューブをやっていない俺でも、このノートは本当に勉強になる。

ミーチューブ上で視聴者が増えやすい時間帯に動画を投稿すれば、再生数も増加する――が、当然同じことを考えている連中がいる。

あらゆるミーチューバーが同時に動画を投稿すれば、埋もれてしまう可能性があるということだ。

しかし注目度さえ高ければ、おそらく埋もれることなく視聴者を独占できる。

これはチョコレート・ツインズの投稿時間を見れば一目瞭然。

彼女たちの場合、いわゆるゴールデンタイムに動画を投稿しても、一切他人に邪魔されることなく急上昇ランキングを駆け上がる。

飛びぬけた人気と、固定ファンの多さがなせる業だ。

ただ、ミルスタには飛びぬけた人気はあれど、まだ始めたばかりでミーチューブ上に固定ファンがいるとは限らない。

それをカバーするのが、〝話題性〟。

あのミルスタがミーチューブを始めたという話題が存在感を放っている間に、固定ファンを獲得する。それこそが長く人気を保つための最善手。

つまり今日を含めて数日間、すでに撮影済みの動画のストックの中から、強い企画をぶつけていく必要があるわけだ。

「これは出し惜しみをしてる場合じゃなさそうだね……」

そう呟《つぶや》いたミアは、読んでいたノートを閉じる。

「今日投稿する予定の動画、まだ決めてなかったよね」

「ええ、まだ投稿予定時間まで一時間くらいあるし、ここで考えようって思ってたから……」

編集は事務所の人間に任せる形になっているが、投稿の権限はミルスタが、具体的にはカノンが握っている。

受け取っている動画ファイルを、カノンがチャンネルに上げるのだ。

「今日の動画は、新曲のダンスの練習動画にするべきだと思う」

「ダンス動画？　そんなの撮ってたのか」

「スタジオでのレッスン中に、ついでってて形で撮らせてもらったんだよ」

近くに置いてあったノートパソコンを開いたミアは、一つの動画ファイルを再生した。

動画に映っていたのは、俺が差し入れにいったあのスタジオ。

その中心に、練習着の三人がいる。

そして発表されたての曲が流れだし、三人がキレキレのダンスを披露し始めた。

「おお……！　なんか新鮮だな、この構図」

「でしょ？　ボクらのダンスをちゃんと見てもらう機会って、実はあまりなかったんだ。もちろんライブや番組収録では見せているけど、ステージを練り歩く必要があったり、画角的に全員が常に映っているわけじゃなかったりね」

「言われてみれば、確かにそうだな」

例えば収録の都合上、ソロパートがある曲であれば、それを担当する者にカメラが寄るのは必然。

しかしこの動画であれば、ソロパート中に他の二人がどうしているのかまではっきりと映っている。

ライブでは遠目に見ることしかできなかった動きも、この動画ならすべて見えるし、なんなら低速再生でスローにすることだってできるのだ。

ファンにとっては、まさに必見といったところだろう。

「ボクらのチャンネルにきちんとファンを喜ばせる力があれば、皆は必ず登録してくれる。まずはチャンネル登録者数を伸ばすことを目標にして、ミーチューブでしか見られない、特別感を掻《か》き立てられる動画を出すべきだってボクは思う」

「あたしとしては異議なしよ。玲とりんたろーは？」

話を振られた玲は、首を横に振る。

俺もこの件に関しては、素直に同意を示した。

「あたしもこの動画は再生数を取れるって思ってた。挨拶動画の次に切るカードとしては、最適かもしれないわね」

ノートパソコンを手に取ったカノンは、何やら操作を始める。

早速投稿の準備を始めているのだろう。

俺としてもこいつらのチャンネルが一気にどこまで伸びるのか、楽しみでならない。

「……チャンネル登録者といえば」

ふと思い立ち、俺はスマホのミーチューブアプリで、ミルスタのチャンネルを確認する。

そしてそこに記されたチャンネル登録者数を見て、俺は目を見開いた。

「っ！　おい！　お前らのチャンネル……！」

俺がそう言うと、各々が自身のチャンネルを確認し始めた。

そして全員が揃《そろ》って目を見開く。

「「「ひゃ……百万人……」」」

リアクションまで一緒だった。

「すげぇな……！　たった一日でここまで」

「順調すぎて怖いくらいだね……でも素直に嬉《うれ》しいよ」

どこかホッとした様子で、ソファーに深く座り直すミア。

その隣には、無理やりドヤ顔をしているカノンがいた。

「ま、まあ？　あくまで通過点だし？　これくらいは当然っていうか……」

「カノン、本音は？」

「嬉しいに決まってるじゃないの！　レイ！　あんたはどうなの？」

「もちろん嬉しい。ファンの皆が、わざわざミーチューブでも応援してくれてる……それがすごく嬉しいよ」

「……そうね！」

登録者数が一日で百万人を超えるケースは、決してミルスタが初めてというわけではない。

ただ前例が限りなく少ないことは事実だし、快挙であることに間違いはないわけで。

今はこの結果を素直に喜んでも、罰は当たらないだろう。

「……でも、喜んでばかりじゃいられないわよ。今日もこれから一本撮らないと、ストックとしては不安なんだから――」

カノンが言葉を言い切る前に、リビングに腹の虫が鳴く声が響いた。

俺、カノン、ミアの視線が、鳴き声の聞こえた方に向けられる。

「……お腹空《なかす》いた」

お腹を押さえた玲《れい》が、聞き慣れたセリフを口にした。

ついさっき一つの偉業を成し遂げたばかりだというのに、こいつはどこまでいってもマイペース。

まあ、それがいいところでもあるのだが。

「今日やる企画って、まだ決めてないんだっけ？」

「え？　あ、そうね……」

「それなら、前に言ってた大食い企画はどうだ？」

こんないい機会も中々ない。

お祝いもかねて、最近覚えたとっておきのスイーツをごちそうするとしよう。


キッチンに移動した俺は、下校中に購入した材料たちを台の上に並べた。

ここにある物を使って、俺は最高の低糖質スイーツを作る。

ちなみに低糖質とは、言葉の通り糖質を抑えてカロリーを下げた物のことを指す。

「まずは……っと」

俺はボウルの中に、卵、大豆粉、ベーキングパウダー、バニラエッセンスを加え、そこにアーモンドミルクを流し込んだ。

大豆粉というのは、大豆を砕いて粉末状にした物。

小麦粉の代わりになり、糖質をかなり抑えることができる優秀な代物だ。

ただ普通に作るよりも、多少パサつきなどが出てしまうことがある。

その対策のために、俺は工夫を用意した。

それがこの絹ごし豆腐である。

――スイーツに豆腐？　と思う人もいるだろう。

俺も料理を始めた当時はそう思っていた。

しかし、今なら豆腐という食材のポテンシャルを百パーセント信じることができる。

（これがいつも楽しいんだよな……）

俺はボウルに、新たに豆腐をぐちゃっと潰してから入れる。

こうして豆腐を入れることで、生地をふんわりさせ、パサつきを抑えてくれるのだ。

小麦粉を使わないことによって現れる弊害を、これである程度緩和することができる。

ハンバーグとか肉団子にも応用できるし、これから料理を始める人には、是非とも知ってほしい使い道だ。

こうして豆腐まで入れたら、あとは砂糖を入れて混ぜるだけ。

本気で糖質制限をするなら砂糖も使うべきではないのだが、今回はあくまでできるだけカロリーを抑えるという話だから、ここは惜しみなく使っていく。

というのも、糖質オフの甘味料は風味に多少の癖があるのだ。

俺は大丈夫でも、玲たちが食べられるかどうかは分からない。

だから砂糖はそのまま使う。

もちろん入れる量自体は抑えめにするが。

「次は……」

書き記していたメモを見て、次の工程を確認する。

もうこの生地の中に追加する物はない。

となると、次はもう焼く段階に入る。

このままフライパンで焼き始めてしまってもいいのだが、ここで一つやっておきたいことがあった。

（これぱっかりは挑戦だな）

少しワクワクしながら、俺は冷蔵庫から生クリームを取り出した。

「悪い、待たせたな」

完成したデザートを、玲たちの前に持っていく。

「俺特製低糖質パンケーキだ。小麦粉の代わりに大豆粉と豆腐を使って、糖質をかなり抑えてある」

「「「おお……！」」」

綺麗《きれい》に焼けたパンケーキと、それに添えられた純白のホイップクリーム。

もう気づいている人も多いだろうけど、これはシロナと行ったカフェのパンケーキを参考にして作ったものだ。

脳が溶けそうなほどの甘味を感じつつ、それでいてしつこくない不思議なあの感覚。

それに少しでも近づくよう、ホイップクリームの作り方にはかなりこだわってみた。

味見した限りでは成功していたが、こいつらの舌に合うだろうか？

「凛太郎《りんたろう》、これ食べていいの？」

「ああ。小さく切ってあるから、それぞれ一つずつ食べてみてくれ。味の感想もよろしくな」

「ん……！」

三人は俺が用意したフォークを使って、パンケーキを口に運ぶ。

「……！　う、うまっ!?　これ本当に低糖質!?」

「疑いたくなるくらいの甘さだね……パンケーキもふわふわだし」

カノンとミアの顔が、驚きに染まっている。

いいリアクションだ。

俺としても安心する。

「甘くて、ふわふわで、とても美味《おい》しい。でも、すごく甘いのにクリームが口の中に残らない……どうして？」

「有名なカフェのホイップクリームを参考にしててな。クリーム自体も、少し糖質を抑えてあるんだ」

生クリームは、含まれている脂肪によって種類が分かれる。

その中でも低脂肪の物が理想に近いのではないかと思った俺は、脂肪がカットされている生クリームを選んでみることにした。

そして砂糖の量も、本来使う分からある程度減らしている。

こうなると確かにしつこさは消えるのだが、反面甘さもかなり控えめだ。

ただパンケーキ自体もしっかり甘くしてあるし、大食いにはちょうどいいあっさりさになっている気がする。

「砂糖を使わなければもっと糖質を抑えることもできるが、多少味が変わる可能性があってな。まあ気になるようなら、今度また別パターンとして作ってみるよ」

「……あたし、あんたがカフェでも開いたら、毎日通う自信があるわ」

「嬉しいこと言ってくれるじゃん」

どうやらかなりお気に召してもらえたらしい。

実は今日に至るまで、理想のホイップクリームを作るべくこっそり実験をしていた。

そうして行き着いたのが、今食べてもらった物。

砂糖の量はもちろん大切だが、それと同じくらい大切なのが、口当たりだった。

低脂肪の生クリームは、高脂肪の生クリームに比べて、泡立つまでに時間がかかる。だからといって手を抜くと、食べ応えのないクリームになってしまう。高脂肪と遜色がないようにするには、丁寧な泡立てが必要なのだ。

しかし、悔しさも残る。

ここまで力を尽くしても、カフェで食べたパンケーキとクリームには遠く及ばない。

もちろん向こうは小麦粉も砂糖もふんだんに使っているわけで、材料に指定がある中でここまで仕上げたのは、我ながらよくやったと思う。

それでもこうして妥協しなければならないという部分が、ただひたすらに悔しかった。

ここで得た物を無駄にしてはならない。

俺は自分にそう言い聞かせ、至高のパンケーキをこいつらに食わせると心に決めた。

「ん、これならいくらでも食べられそう」

試食用のパンケーキをぺろりと食べ切った玲は、俺に期待のまなざしを向けてきた。

忙しくなるのはここから。

俺は玲の腹が満たされるまで、ひたすらパンケーキを焼かなければならない。

「凛太郎君、一応聞いておくけど、推定で何枚くらい焼けそう?」

「そうだな……今の段階で七枚から八枚は焼けると思う」

買い足した材料はこれだけじゃないし、生地もクリームもまだ増やすことができる。

ただ八枚のパンケーキなんて、そうそう食べ切れるものじゃない。

生地が残った時は、ミアとカノンにも食べてもらおう。

あまり保存できる物でもないし、今日中になくなってくれればいいが――――。

（なーんちゃってね……っ！）

俺はフライパンを二個使い、パンケーキを二枚同時に焼き上げた。

玲の大食い企画が始まってから、およそ十分くらいが経過した現在。

最初に作った生地は、まさに今焼いている物ですべて使い切るところまできてしまった。

（普段の食生活から嫌な予感はしてたが……！　まさか食うことに全振りした玲がここまでとはな……！）

フライパンを振って、パンケーキを二枚同時にひっくり返す。

ここに来てフライパン技術がさらに進化するとは、自分でも想像していなかったな。

そしてその間に、新たな生地を作る。

ホイップクリームは最初に大量に作ったから、まだ大丈夫。

今は生地さえできればなんとかなる――はず！

「ねぇ！　次行ける？」

「っ！」

キッチンに顔を出したカノンに対し、俺は一つ頷《うなず》いて見せた。

撮影の都合上、俺が声を出すわけにはいかない。

気合を入れるために叫びたいところだったが、それはグッと我慢した。

（よし……！）

慌てている中でも綺麗に焼きあがったパンケーキを、皿に盛りつける。

それと同時に新たな生地をフライパンに投入。

ひっくり返すまでの時間でホイップクリームをパンケーキの上に載せ、仲介役のカノンに渡した。

「ナイス……！　持ってくわね！」

カノンが持っていったのを見届ける間もなく、俺はコンロの前へ戻った。

一体この作業はどこまで続くのだろう？

企画自体には制限時間が設けられているため、その時がくれば間違いなく終われる。

問題なのは、その制限時間が一時間もあること。

俺は果たして時間いっぱい動き続けることになるのか、それとも――――。

「……」

焼き上がりを待つ間に、ちらりとリビングの方を見た。

そこにいたのは、四等分にしたパンケーキを一口で頬張っていく玲《れい》の姿。

その顔は、どこまでも幸せそうである。

（……焼こう）

希望的観測をやめた俺は、ただ無心になってパンケーキを焼くことにした。

明日は筋肉痛だな、こりゃ。

「――さすがにお腹《なか》いっぱい」

玲がそう言ってフォークとナイフを置いたのは、制限時間ギリギリのことだった。

その言葉を聞いた俺は、キッチンで思わず崩れ落ちる。

残すところ五分もないタイミングまで、玲はひたすらパンケーキを食べ続けた。

もはや途中で数えることもできなくなってしまったが、あれからもう一度生地を作り直したことも考えて、二十枚くらい食べているのではなかろうか。

一枚一枚決して小さいわけじゃないのに……。

「だ、大丈夫？　凛太郎君。今撮影止めてきたから、もう喋《しゃべ》っても大丈夫だよ」

「そ……そうか」

「……本当にお疲れ様、君のおかげでいい動画が撮れたよ」

疲労でぐったりしている俺に、ミアが肩を貸してくれる。

ありがたく体重を預けながら、俺はリビングへと移動した。

「あらま……お疲れ、りんたろー」

「これくらいどうってことねぇよ……」

俺は平気なアピールをしながら、ソファーに深く腰掛ける。

ちなみに全然平気じゃない。

ホイップクリームはハンドミキサーで作ることができるが、生地に関しては全部手動だ。

重たい生地を何度も混ぜたことで、右腕も左腕もパンパン。

持ち上げることすら億劫《おっくう》なレベルである。

「ありがとう、凜太郎。最後まで美味しく食べられた」

「そりゃよかった……逆に食べ切ってくれてありがとな」

「ん……凜太郎の料理は美味しい。だから当然」

そう言ってもらえると、俺も疲労困憊《こんぱい》になった甲斐《かい》がある。

「記録は……えっと、二十二枚だね。ボクもキャパには自信があったけど、これはさすがに届きそうにないかな」

「あたしは絶対に無理。精々十四枚くらいよ」

「ボクもそれくらいに落ち着きそうかな」

十分多いよ、馬鹿――――とツッコミたいところだが、もうそんな元気はない。

「〆も撮ったし、早速編集係に渡しちゃおう。カノン、今日の動画はもうアップしてくれた？」

「もちっ！　撮影前にアップ済みよ」

テレビのアプリ機能で、ミーチューブを開く。

すると急上昇ランキングの一位に、今日アップしたミルスタの練習風景動画が堂々と乗っていた。

さすがの注目度。

この勢いなら、数日以内に二百万登録者を超えるのではなかろうか。

「SNSでも盛り上がってくれてるし、今日はこの動画にして正解だったわね」

「うん、考えが当たってよかったよ」

更新をかけるたびに、再生数はガンガン増えていく。

ミルフィーユスターズは、ミーチューブ上でもすでに化物コンテンツになりかけていた。

しかし、〝あいつら〟だって同じ化物。

決して一筋縄ではいかない。

「……二位にいるね、ツインズ」

玲の一言で、画面に注目が集まる。

チョコレート・ツインズの最新動画が、ミルスタに次いで急上昇ランキングの二位にいた。

内容は、〝ツインズってバレたら即終了！　二人でテーマパーク満喫してみた！〟というもの。

相変わらず面白そうな企画を持ってくる。

ミルスタの爆発力にはさすがに届いていないものの、このレベルを平均としてぶつけてくるのだから、まだまだ安心なんかできやしない。

「純粋にすごいよね、彼女たち。アイドル活動もしながら、こうして毎日ミーチューブにも動画を上げてるんだから」

「ん……私もやってみて分かった。この生活、すごく難しい」

ツインズの動画を流しながら、ミアと玲が言う。

俺もあの二人のことは素直にすごいと思っている。

ミーチューブの撮影は、決して楽ではない。

失敗すれば撮り直しもするし、最初から最後まで上手《うま》くいかず、没になることだってある。

それでもクオリティを維持しながら、毎日投稿を続けているわけで。

こいつらと共に撮影の裏側を知ったからこそ、奴《やつ》らのすごさを再認識する羽目になった。

「もうすぐ投票期間に入るわ。その前に両方の事務所から投票企画って形で告知が出ると思うけど……」

チャンネルの運営は順調だというのに、カノンの顔に笑みはない。

一番の現実主義者だからこそ、ツインズの脅威をしっかり認識しているのだろう。

当然俺は、これでもミルスタの勝利を信じている。

しかし、一つ思うのだ。

「――――やっぱり、私たちが争う意味ってないと思う」

動画も終わり、静かになったリビングに、玲のそんな言葉が響いた。

俺は驚く。

その言葉は、ちょうど俺も思い浮かべていたものだったから。

「勝っても、負けても、いいことなんて一つもない。ファンの皆も、きっと喜ばない。きっと……全員が嫌な気持ちになる」

「……そうだね、間違いなくレイの言う通りだ」

玲の意見に、ミアが賛同を示した。

「今日に至るまで、ボクらも努力したし、あの子たちだって努力した。その努力を無駄な争いに使うようじゃ、お互い何も手元に残らない結果になってしまう気がするよ」

「……あたしだって、言われたらそれくらい分かるわ。でもどうすんのよ？　もう企画自体は進んじゃってるのよ？」

カノンの言う通り、問題なのは互いの事務所が了承していること。

この勝負企画の準備段階で、金だってかかってるはず。

加えて一方的にキャンセルしたりすれば、向こうがどんな手段に出るか分かったもんじゃない。

なんせわざわざ事務所まで出向いてくるような連中だ。

それとシロナのあの性格を考えれば、炎上なんて何も恐れていないはず。

ミルスタが逃げたなんて話を、平気で拡散されかねない。

「……なら、もう一度ツインズと話してみるっていうのはどうかな？」

顎に手を当てて考えていたミアが、そんな提案をする。

「ちゃんと話し合って、この企画を双方からキャンセルするんだよ。そうすれば、全部穏便に済むはずさ」

「……あの様子の二人が、そんな話に乗ってくれるかしら？」

「このまま行ったら共倒れの可能性が高いんだよ？　受け入れられなかったら、その時はその時で考えようよ」

「……」

カノンはミアの意見を受けて、しばらく考え込む。

そして盛大なため息をこぼした後、口を開いた。

「はぁ……どう考えてもそうするしかなさそうね。玲、りんたろー、あんたらもいい？」

「ん、私も賛成」

「俺も異論はねぇ」

企画が始まってしまうまで、もうほとんど日にちがない。

その間に、なんとかツインズを説得する。
シロナのことを想《おも》えば、難易度はかなり高いだろう。
しかし共倒れを防ぐには、もうこれしか手段がないことも事実だった。

# 第九章 志藤凛太郎の怒り



「――ウチらを自分らのホームに招き入れるなんて、ええ度胸ですな」

ソファーに腰掛けるシロナは、ニコニコとした表情を浮かべながらそう言った。

彼女の隣には、相方であるクロメも座っている。

余裕ありげなシロナとは違い、クロメの方はまったく警戒心を隠さぬまま、周りにいる俺たちを順次睨《にら》みつけていた。

「……まずは忙しい中ここまで来てくれてありがとう。おかげでこうして話し合うことができるよ」

「忙しいのはお互い様やろ？　でもまあ、まさかりんたろーさんの家に天下のミルスタが全員住んでいるとは思わへんかったけど」

シロナが薄目を俺に向ける。

何を隠そう、俺たちがツインズとの対話の場所に選んだのは、事務所でもスタジオでもなく、俺の実家だった。

これには二つほど理由がある。

まず俺が話し合いの場に出席していても違和感がないこと。

元々俺は部外者なわけで、事務所や事務所が関わる正式な場にいてはいけない人間だ。

俺が関わるためには、事務所の関与がなく、他者の目につかないことが必須条件。

この家はその条件を満たすため、俺の方から提案させてもらった。

そしてもう一つの理由は、あえて弱点をさらすことで、こちらが敵対の意思を持っていないことを示すため。

俺との繋《つな》がりは、ミルスタにとって諸刃《もろは》の剣。

バレれば即スキャンダルといった、爆発物に近い存在だ。

自分で言っていて悲しくなるが、それが現実なのだから仕方がない。

しかしこうすることで、シロナたちも俺たちが生半可な気持ちでこの場を設けたわけではないことに気づくはず。

ここで彼女が現状を他者に言いふらすようなことがあれば、もちろんミルスタは終わり。

ただ、カノンやミア曰《いわ》く、そうなる可能性はかなり低いらしい。

『ボクらも一応信用商売だからね。同業者を売るような人間は、業界から危険人物扱いされちゃうんだよ』

『知られたくない秘密なんて、誰にだって一つや二つあるでしょ？　犯罪まで手を出してるようなら話は別だけど、それをホイホイ拡散するような奴とは誰だって関わりたくないわ』

　二人の言葉に、俺は納得した。

　現にシロナは軽口を叩《たた》いているものの、この状況をカメラなどに納めようとしていない。

　こちら側の誠意は、十分伝わっているようだ。

「……それで、ウチらになんのお話があるって？」

「単刀直入に言うわ。今回の人気投票、取りやめてほしいの」

「へぇ、えらい急な話やなぁ」

「元はと言えばそっちが急に持ち掛けてきた話でしょ？……って、そうじゃなくて」

　カノンは喧嘩腰《けんかごし》になりそうな自分を律するべく、深く呼吸した。

「このまま企画が始まれば、あたしたちの間で優劣がついてしまう。そうなれば、お互いを応援してくれているファンが悲しむことになるわ。立場やイメージにだって傷がつく……勝っても大きなメリットはないし、ここらでお互い退《ひ》いておいた方が賢いと思わない？」

「……ファン、ねぇ」

「……？」

　シロナはファンを大事に想っていない。

　一瞬嘲笑したように見えたのは、それ故だろう。

自分が負けてファンが悲しんだところで、どうでもいいのだ。

「せやなぁ……確かにこんな無理やりな企画は誰も喜ばんかもしれんなぁ」

うんうんと頷《うなず》き、分かったような顔をするシロナ。

悪いが、ただのパフォーマンスにしか見えない。

「……うん、分かりました。ほな今回の企画は取りやめにしましょ」

「え!?」

「にゃはは！　何を驚いてはりますの？　りんたろーさん。ウチはミルスタの皆さんからの温かい忠告を受け入れて、それに従っただけですやん」

シロナは俺をからかうようにしてケラケラと笑っている。

正直、この提案が受け入れられるとは思っていなかった。

シロナの性格、そして目的を考えれば、企画を取りやめる意味がないことくらい分かる。

それがどうして――――。

「ウチらとしてもだいぶ勢いでぶつけた企画やさかい、勝負以前にまともな企画になるかどうかも怪しかったんよ。……ただなぁ、断るなら断るでもっと早いタイミングで連絡もらわんと困ってしまうというか」

「……こちらとしても考えが変わったのは最近でね。企画のキャンセルで損害が生まれてしまったのなら、こちらから事務所を通じて補填《ほてん》させてもらおうと思ってるよ」

「あー、その辺は大丈夫ですわ。でもその代わりと言っちゃなんやけど……」

シロナの視線が、俺を捉える。

「りんたろーさん、やっぱりウチらにくれへん？」

その時、空気が凍りついた気がした。

前にシロナたちがスタジオまで来た時も、近い雰囲気になったのを覚えている。

「……前に言った。凛太郎《りんたろう》は渡さないって」

「ええ、覚えてますわ。ただなぁ、ウチらも『やりたくありません』、『はいそうですか』って簡単には受け入れられんのよ」

笑みを崩さないシロナだったが、その目の奥はまったく笑っていない。

むしろ漆黒と言ってもいいくらい、真っ暗な影が落ちていた。

「なっ……元はと言えばそっちが勝手に――――」

「ミルスタの皆さんが言いたいことはもっともですわ。確かに最初はウチらが勝手に吹っ掛けた勝負……せやけど了承したのもそちらさんとちゃいます？　まさか事務所が勝手に受けた企画だから、自分たちには関係ないなんて言わへんよね？」

「……っ」

これは痛いところを突かれた。

確かに、ミルスタは勢いに押されて了承したものの、あの場で強く拒否しておけば断れた話ではある。

事務所のメンツや己の感情を天秤《てんびん》にかけた結果、勝負を受けることを自らで選んだのだ。

この話は、誰が悪いというものではなく、全員が全員汚点を抱えてしまっている一件。

ここでシロナに噛《か》みつくのは、あまりにも分が悪い。

カノンもそれを分かっているため、言葉を止めたのだ。

「ひとまず今回の件を白紙にするのは構わんよ。損害についてもとやかく言わへん。それがこちら側の誠意や。ほなそちら側は？　何か誠意を見せてくれんと、下手したら今回の企画について駄々をこねてしまうかもしれんよ？」

「その君たちが求める誠意っていうのが、凛太郎君を差し出すってことなのかい？」

「そう受け取ってもろてかまへんよ」

「……凛太郎君をなんだと思っているのかな？　彼は道具でもなんでもないんだよ。差し出すだのなんだのって、そんなことはボクらの意思で決めていいことじゃない」

ミアの声に強い怒気を感じる。

普段から感情を摑《つか》ませないようにしている彼女にしては、珍しい対応だ。

まあ、本来ここで怒りを見せないといけないのは俺なんだろうけど。

ただ……ただなぁ。

俺はシロナたちに対して、ちっとも怒りを覚えていなかった。

「せやなぁ、じゃありんたろーさんに決めてもらう？　どっちのグループと一緒に過ごしたいか」

「……何よ、それ」

「りんたろーさんの意思に任せようって話や。ウチらか、あんたらか……簡単な話やろ？」

全員の視線が俺に集まる。

ずいぶんとおかしな話になってきたな。

「さあ、りんたろーさん。答えてもらうで？」

「……」

と、言われたところで、俺の答えはもう決まっている。

そしてそれが分からないシロナではない。

結局こいつは、すでにミルスタを利用した次の企画の前準備に入っているのだ。

片や奴隷、片や知名度。

ここで俺が自分たちを選んでも、ミルスタを選んでも、どっちを取っても得をする。

とんだ茶番ってわけだ。

どこまで行っても強《したた》かで、ずる賢い。

俺はそういう人間があまり好きではない。

まるで、自分を見ているみたいだから。

「りんたろーさん、あんたはどう足掻《あが》いてもこっち側やろ？　自分が一番よく分かってるんとちゃいます？」

「……ああ、そうかもな」

ミルスタの面々が息を呑《の》んだのを感じた。

確かに俺は、シロナに対して強いシンパシーを覚えている。

俺にとって、ミルフィーユスターズの三人はどこまでいっても眩《まぶ》しく映る存在だ。

自分はここにいるべきじゃないと思ったことだって、一度や二度の話じゃない。

逆にシロナたちのような薄暗い目を持つ連中となら、すべてをさらけ出して共に歩めるかもしれない――――。

「……分かったよ、シロナ。お前らと行く」

ミアとカノンの目が、驚愕《きょうがく》に染まる。

しかし、玲《れい》は……。

「にゃはは！　そうゆーてくれると思っとったわぁ！　さっそく引っ越しの手配もせなあかんな！」

「その前に、一回お前らの家に連れてってくれ。どうせあんたらのことだし、飯なんて自分たちじゃ作んねぇだろ」

「よー分かってるやん。さすがは〝同類〟さんやね。りんたろーさんの手料理、楽しみだわぁ」

そう言いながら、シロナはクロメと共にリビングから離れようとする。

それについて立ち上がった俺は、リビングを離れる前に、玲の方へそっと耳打ちをした。

「……やりたいことがある。信じてくれるか？」

「ん、もちろん」

思わず緩みそうになる頬を、無理やり抑えつける。

俺とツインズの二人は、同じ孤独を知る者だ。

だが、悪いが俺はもう大事な居場所を手に入れた。

孤独なんて感じる暇がないくらい、心の中にこいつらがいる。

「――――じゃあ、行ってくる」

最後にそう言い残し、俺は三人を置いて、自分の家を後にした。

◇◆◇

「……行っちゃったね」

凛太郎が出ていった扉を見ながら、ミアがぽつりとつぶやいた。

「戻ってくるんでしょうね……あいつ」

「ん、絶対に戻ってくる」

私はカノンにそう言葉を返す。

凜太郎はあの時、信じてくれるかって聞いてきた。

今更彼を疑うような気持ちは一切ないけれど、あの問いがあったから、私は安心できる。

「……なんかムカつく」

そんな風に言いながら、カノンが私のほっぺたをつねる。

「ひゃんで（なんで）?」

「あんたがりんたろーと通じ合ってます！　みたいな雰囲気出すからでしょ！　あたしだって別にあいつのこと疑ってたりはしないんだからね！」

ほっぺたをつねりながら、カノンは私を前後にゆする。

痛い、ほっぺがちぎれそう。

「こらこら、レイの顔に赤みが残ったら大変だよ?」

「ふんっ！　今日はこれくらいで勘弁してやるわ」

ミアの仲裁もあり、カノンの手がほっぺから離れる。

ちょっとひりひりする。

「……まあ、凜太郎君と通じ合っている雰囲気を醸し出されるのは、ボクとしても気持ちがいいものじゃないね。素直に嫉妬するよ」

「ん、別に醸し出してない。実際通じ合ってる」

「そっちの方が質悪《たち》くないかな？」

ミアが苦笑いを浮かべる。

しかしそう言われても、事実は事実だ。

春と比べて、凛太郎との距離がどんどん近づいているのを感じる。

気を許してくれているのを感じる。

信頼を感じる。

彼の中に、確かに私たちがいるのを感じる。

できれば私だけを見てほしいって気持ちがあることも事実だけれど、この二人のことも大事にしてくれていることが、素直に嬉《うれ》しい。

私たちがいるこの場所を、自分の居場所として見てくれていることが、本当に嬉しい。

「……負けないよ、レイ」

「こっちのセリフ」

ミアの目はどこまでも本気で、心の底から凛太郎のことが好きなことが分かる。

だからこそ、負けたくない。

少しずつ見えてきた、凛太郎の心から伸びた一筋の光。

それが彼の隣という世界一立ちたい場所に繫《つな》がっているかどうかは、まだ分からないけれど。

今の私は、ただ全力でそこを目指すだけだ。

「────ねぇ、じゃあ三人で一つ勝負しない？」

私とミアが睨《にら》み合っていると、突然カノンがそんな提案をしてきた。

「勝負って、内容はなんだい？」

「三人でそれぞれミーチューブの企画を提案して、一つずつ撮影するの。それで全部投稿して、一番再生数取れた人が勝ち。もちろん企画の準備とか、投稿するタイミングも企画提案者がやるわ。そして参加する側は、手を抜かず全力でやること」

「へぇ……面白そうだね。じゃあ勝った時の報酬は？」

「りんたろーと一日デート券、ってのはどう？」

思わず前のめりになる。

その報酬は、さすがに聞き捨てならない。

「まあ、とは言ってもあいつが了承するかどうか次第だけどね。でもどうせ今後もミーチューブへの動画投稿は続けたいし、ちょっとくらいモチベが上がる要素を入れたってよくない？」

「……私は、賛成」

私もミーチューブ投稿は続けた方がいいと思うし、凛太郎《りんたろう》にも強制しないのであれば、お願いくらいしたっていいと思う。

　何より私が凛太郎とデートがしたい。

「二人がやるっていうなら、ボクもやらざるを得ないね。凛太郎君を想《おも》ってる者同士、正々堂々勝負しようじゃないか」

「全員参戦ってわけね」

　そう言って、カノンがにやりと笑う。


――――たまに、こうしていると小さな悲しみを覚える時がある。


　私も、ミアも、カノンも、凛太郎のことが好き。

　想いの強さで負けている気はしないけれど、見ている方向は二人も同じだ。

　でも、この中で凛太郎の隣に行けるのはただ一人。

　あとの二人は、この想いを抱えたまま、勝負から降りなければならない。

　私たちは、そのわだかまりを抱えたままでも、ミルフィーユスターズでいられるのだろうか。

（……いや、違う）

　自分の中に浮かんだ疑問を、自分で突っぱねる。

私は凛太郎が好き。

でもそれとは別で、ミアのことも、カノンのことも好き。

凛太郎に選んでもらえなかったら、きっとすごく苦しい。

もちろん私たち以外の人を選ぶ可能性だってあるけれど、それでも、苦しさは変わらない。

……だけど、たとえどうなったとしても、私が二人のことを家族のように大事に想う気持ちは変わらないと思う。

二人との関係が変わってしまうことを恐れて、手を抜く方が失礼だ。

この二人にも、そして、凛太郎にも。

「……二人とも」

「「……？」」

「悔いが残らないようにしよう。お互いに」

私がそう言うと、二人は笑った。

「うん、そうだね」

「当たり前じゃない。逆に手を抜いたら絶対に許さないんだから」

来《きた》る、武道館ライブ。

日程は、一月三十一日。

それはきっと私たちのすべてが変わる日。

当日に向けて着々と準備が進んでいく中、私の中にある緊張は、少しずつ大きくなりつつあった。

◇◆◇

「ここがウチらの家やで」

「……意外と普通だな」

俺が案内された場所は、電車にて数駅ほど離れたところのマンションだった。

稼いでいるものだから、てっきり高級タワマンにでも住んでいるのかと思ったが――。

「住むところにあんまり興味なくてなぁ……ここはミーチューブ撮影の許可ももらってるから、なんとなく長居してるだけや。りんたろーさんがもっと広い家がええなら、引っ越すのも全然構わへんよ？」

「別に広さにそこまで興味はねぇよ……ってか、一緒に住むのは譲れねぇのか？」

「あたりまえやん！　ウチらはあんたのために働く、あんたはウチらの世話をする、これを成り立たせるためには、やっぱり一緒に住まな」

「……」

一緒に住む、か。

それならさっきから俺を睨んできているクロメをどうにかしてほしいもんだが。

「せや、多分ちゃんと紹介してなかった。クロの本名は、小狼黒芽《ころうくろめ》ってゆーんや。ぜひ仲良くしたってな」

「ああ、じゃあ一応……知ってるかもしれないが、俺は志藤《しどう》――――」

改めて自己紹介をしようとした俺に対し、突然クロメが顔を近づけてきた。

思わず一歩引いてしまうが、彼女はおかまいなしに近づいてくる。

そしてそのまま、俺の体に顔を寄せて鼻を鳴らし始めた。

「こ……これは？」

「あー言い忘れとった。クロは相手の匂いを嗅いで、ひととなりを判断すんねん。犬みたいで可愛《かわい》いやろ」

可愛いどころか、まるでボディチェックでも受けているかのような緊張感に恐ろしさすら覚えるのだが。

しばらくして満足したのか、クロメは俺から何事もなかったかのように離れる。

「大丈夫。……むしろいい匂いがした」

「へー、珍し。いつも普通か嫌いかの二択しかないのに。よかったなぁ、りんたろーさん。

あんたクロに気に入られたで？」

よく分からない判断基準だが、嫌われるよりはマシなのだろう。

とりあえず第一関門クリアといったところか。

「ほな、中入ろか」

シロナに連れられるまま、俺はマンションのエントランスから建物の中へと入る。

エレベーターに乗り、たどり着いたのは最上階。

その一番奥の部屋の前で、シロナとクロメの足は止まった。

「ここやで。ようこそ、ウチらの巣へ。きっとりんたろーさんも気に入るで」

そんな皮肉と共に、俺はその巣とやらへと足を踏み入れた。


部屋の中は、綺麗《きれい》に整頓されている――――とは言いづらかった。

最近着たであろう服が脱ぎ散らかしてあったり、出前のゴミがそのまま残っていたり。

最初の頃の玲《れい》の部屋よりはマシと言えるが、汚いことには変わりない。

天は二物を与えずとはよく言ったもので、やはり基本的な家事はミルスタと同じく苦手なようだ。

「……さすがに散らかりすぎ？」

「分かってんなら片付けとけよ……」

「しゃーないやん！　ほんまにりんたろーさんを連れてこれるとは思っとらんかったし！」

いきなり本音が飛び出たな。

ひとまず、この状態は俺が我慢ならん。

自分でも面倒くさい性格だなぁとは思うが、何事も綺麗な方がいいのだから、開き直って生きていくことにする。

「まずは片付けるか……触られたくない物とか、先に全部回収してくれ」

「りんたろう、片付けとかできるのか」

「そりゃまあ……できるから連れてこられたっつーか……」

「ほう……」

クロメと話すと、ちょっと調子が狂う。

クールな玲と喋《しゃべ》ってる気分になるというか……。

玲もちょっと犬っぽいところがあるし、こいつはこいつで狼《おおかみ》みたいなところがあるから、近く感じるのかもしれない。

「クロ、下着とかちゃんとしまうで」

「分かったよ」

二人はそんな会話をしながら、床に落ちていた下着らしきものを拾っていく。

俺は気まずくなって、目を逸《そ》らした。

もう落ちていることには気づいていたが、意識しないようにしてたのに……。

「撮影機材にさえ触らへんかったら、後はどういじくっても問題あらへん。お任せしてまってもええですか？」

「ああ、問題ねぇよ」

最後に掃除用具の場所だけ聞いて、俺は動き始めた。

まずは大雑把に落ちている物、散らかっている物をまとめていく。

床を拭いたり掃除機をかけたりするのは、その後だ。

「こっちが撮影部屋、だよな？」

整理の途中で、俺はリビングから繋がっている部屋の中を覗《のぞ》き込む。

そこには、いつもツインズの動画に映っている光景がそのまま広がっていた。

「せやで。いつもそこで撮っとるの」

「……なんか新鮮だな」

画面越しに見ていた物が実際に目の前にあると、妙にそわそわしてしまう。

何度もこういうことは経験してるはずなんだけどな。

「じゃあここに置いてある三脚とかカメラに触らないようにすればいいのか――っ

て」

部屋に入ってから振り返ると、驚くべき光景が広がっていた。

そこはちょうどカメラが設置されている側《がわ》であり、動画には映らない部分。

そんな場所に、おそらく企画に使ったであろう荷物がこれでもかと積まれている。

通販サイトの箱なども散らばっており、ゴミ山と言っても過言ではない状況だ。

「にゃはは……ウチらどうしても片付けを後回しにしてまう癖があってなぁ」

「……いいよ、こういうのを片付けるために俺がいるんだから」

別に頑固な汚れがついているわけでもなし、この程度であればそう時間はかからないはず。

俺は気合を入れ直し、目の前の山へと取り掛かった。

「よいしょっと……」

積まれていた荷物は一箇所にまとめて、放置されていた段ボールは綺麗にまとめておき、いつでもゴミとして出せるようにしておく。

落ちていた衣服はまとめて洗濯機へ。

あまり使われた形跡のない洗濯機に洗剤と柔軟剤を入れたら、始動させて放置。

放置されていた食事の残骸たちは、燃えるゴミの袋にまとめてマンションの敷地内にある集積所へ。

時間にして二時間ほど使ってしまったが、概《おおむ》ね片付けは完了した。

俺は部屋全体に軽く掃除機をかけながら、ほっと息を吐く。

「あらまぁ……ホンマに綺麗になってもうた」

「……信じられない」

足が邪魔にならないようソファーの上で体育座りしていた二人が、そんな風に言葉を漏らした。

「悪いな、ちょっと時間かかっちまった」

慣れない場所の掃除というのは、確認しなければならないことが多く、さすがに普段通りには動けない。

撮影に使ったであろう道具の処理に困る場面が多々あり、暇つぶしとして対戦ゲームに勤《いそ》しむ二人に何度も聞く羽目になった。

ちなみに対戦ゲームでもして待っているよう伝えたのは俺であり、決して二人の提案でないことは、こいつらの名誉のために言っておく。

「……シロ、この人ここに定住させよう」

「気が合うなぁ、クロ。ウチもそう言おうと思っとったわ」

何やらクロメからも狙いを定められている気がするが、それはそれとして。

「……片付けた後に聞くのもなんだが、普段掃除はしねぇのか？　それにしては壊滅的ってほどじゃなかったが」

掃除してみた感じ、とっ散らかった部屋ではあったものの、壊滅的というほどではなかったように思う。

間隔はかなり離れているが、定期的に片付けてはいるという印象だ。

「まあウチらも日々忙しくさせてもろてるけど、結局家で撮影することが多いさかい。あまりにもっていうときは、さすがに自分らで片付けることもあるで」

「なるほどな…… 一応利点っちゃ利点か」

家から出ないと不健康なイメージが湧いてしまうけど、仕事場となる家を綺麗に保とうと考えられる面においては、とても健全だ。

それにしても、逆に玲は大して部屋にいるわけじゃないのに、どうしてあそこまで散らかせるのだろうか？

ちゃんと短い間隔で掃除しているはずなのに、毎回同じ状態になってるんだよなぁ。

「……あ」

俺が考えごとをしていると、腹の虫が鳴く大きな音と共に、クロメが声を漏らした。

こういうところも玲に似ている。

クロメと玲を引き合わせたら、気が合うのかどうか気になるところだ。

「飯食うか。なんか作るよ」

「待ってましたぁ！　ウチずっと気になってたんよ、あの子らが側《そば》に置きたいと思うりんたろーさんの料理！」

「別に特別なことはなんもしてねぇけどな……」

そう、俺は料理に対して特別なことはしていない。

それでも、作ることが好きで、求めてくれる奴《やつ》がいるから、俺は料理を作る。

この気持ちは、他の人間にだって当てはまるはずだ。

「一応聞いとくが、何が食いたい？」

「せやなぁ……クロ、あんたの食べたいもんでええで」

シロナに問われたクロメは、しばらく考え込む。

そしてハッとした顔をして、口を開いた。

「唐揚げが食べたい。あの時りんたろうが持っていた弁当箱から、いい匂いがしていた。あれは間違いなく唐揚げの匂い」

「よく分かるな……」

弁当箱は移動時に液漏れしないよう、ちゃんと閉まっていることを確認してから持ち運んでいる。

つまりそう簡単に匂いが漏れるような物でもないのだが……こいつの嗅覚は、どうやら桁が違うらしい。

「唐揚げでいいならすぐ作れるよ。悪いが、またちょっと待っててくれ」

「かまへんよ。りんたろーさんのご飯が食べられるなら、ウチらいくらでも待つで？」

「おだてたって飯の味は変わらんぞ」

そんな軽口を叩《たた》きながら、俺はキッチンへと向かった。

さて、唐揚げを作る際に特別な手順は特にない。

にんにく、しょうが、醤油《しょうゆ》、みりん、クミン、ナツメグなどのスパイス、塩。

それらをビニール袋に入れ、適当な大きさに切った鶏もも肉を二十分から三十分ほどつけておく。

そしてそれを待つ間に白米を炊き、ついでに味噌汁《みそしる》にも着手。

揚げ物は面倒くさいという話をよく聞くが、作っていると意外とそうでもないことに気づき始める。

まず面倒くさいといわれる所以《ゆえん》である、油の処理。

これに関しては、油を固めることができる製品を使えば一瞬で完了する。

油に入れて、固めて、燃えるゴミに入れてハイ終了。

確かに他の料理と比べて手順は一つ増えるかもしれないが、複雑に分量を管理しなければならないお菓子作りなんかに比べれば、はるかに楽だ。

ってなわけで、料理自体は手早く終了。

少しばかりスマホをいじっていれば、米もあっという間に炊きあがった。

「ほら、できたぞ」

山盛りの唐揚げが載った大皿を、二人の目の前に持っていってやる。

我ながら作りすぎたと思うが、シロナだけであれほどの大食いを見せられた身からすれば、これで足りるのかどうかむしろ不安なレベルだ。

「この匂いだ！　あの弁当箱から香っていたのは！」

「確かにええ匂いがするなぁ」

はしゃいでいる二人を見ると、俺としても悪い気はしない。

白米と味噌汁も用意して、簡単なサラダを添える。

これで夕食としては十分な物になったはずだ。

「冷めないうちに食ってくれ。おかわり用の米も炊いてあるから、食べたかったらすぐ言えよ」

俺がそう言うと、二人は夕食を前にして手を合わせた。

「いただきます……！」

「いただきますよ、っと」

唐揚げに手を付け始める二人。

熱々の鶏肉《とりにく》をあたふたしながら噛《か》みしめたクロメが、目を見開く。

「ふまい……！　熱いが、美味《うま》い！」

「おお……独特なリアクション」

まあ、美味いならよかった。

クロメはともかくとして、俺はシロナの方に視線を向ける。

そこには、一口齧《かじ》った唐揚げを見つめる彼女の姿があった。

「……あれ、もしかして赤かったか？　それなら揚げなおすが――」

「ああ、いや、ちゃうねん。その、唐揚げって……こない美味かったっけ？」

シロナは首を傾《かし》げている。

中々不思議な疑問だ。

それはシロナ自身も感じているようで、唐揚げと見つめ合ったまま硬直を続けている。

「いらないの？　シロ。じゃあ全部もらっていい？」

「へ？　あ、アカンアカン！　ええわけないやろ！」

クロメに突っつかれ、シロナは我に返った様子で唐揚げを食らい始める。

ひとまず気に入ってもらえたようで何よりだ。

「「ごちそうさまでした」」

「ほい、おそまつさま」

俺も少し食べたものの、あれだけあったはずの唐揚げはすぐに綺麗《きれい》さっぱりなくなってしまった。

何故《なぜ》俺の周りにいるアイドルって、こうも大食いなのか。

作る側としては嬉《うれ》しい限りだが、甚だ疑問である。

「ふー……あのミルスタの連中がほれ込むだけのことはあるね。美味かったわぁ」

「そりゃどうも」

「む、ウチが適当ぬかしとるって思うとるやろ。一応こっちは本心で言ってるんやで？」

「分かってるよ」

「ホンマかいな……」

シロナは不満そうだが、俺も本心を語ったまでだ。

まだこいつのことは少ししか知らないが、冗談と本心くらいは分かるようになってきた。

おそらくそれが、俺とシロナが同類である証拠なのだろう。

「……まあ、ええわ。それで？　そろそろ本題に入ってええんとちゃいますのん？」

「本題？」

「すっとぼけんでもええよ。あのりんたろーさんがウチらに無条件でついてくるわけあらへん。何か企《たくら》んでるんと違いますか？」

「……」

――ま、そりゃバレるわな。

俺がシロナの理解者であるならば、シロナも俺の理解者であることになんら違和感はない。

逆に、そのおかげで話が早いとも言える。

「あんたの言う通り、俺はあんたらに話があってここに来た」

「……これから家《うち》の家事をすべてやってくれるわけじゃなかったのか」

クロメの方が本気でショックを受けている。

素直にもほどがあるだろ、こいつ。

とまあ、それは置いといて。

「クロメ、まずあんたに聞きたい。あんたはどうしてシロナについていくんだ？」

俺はまず、二人とも同じ考えを持っているのか知らなければならない。

シロナは自分たちの目標を、実の親を見つけて罵ることだと語った。

自分たちを捨てた不届き者に、呪いをかけるつもりなのだ。

しかし俺は、まだシロナの話しか聞いていない。

相方であるクロメがその方針をどう思っているのか、ずっとそれが気になっていた。

「……私の心は、シロナに救われた」

俺に対する敵対心が薄くなったからか、クロメはポツポツと口を開いてくれた。

「施設の皆と馴染《なじ》めなかった私を、シロナは連れ回してくれた。どこへ行っても一人だと思っていた私は、シロナに救われたんだ。だから私は、シロナのやりたいことについていくと決めている」

「それが正しいことでも、間違っていることでもか？」

「当たり前だ。たとえそれで散ることになっても、私はずっとシロナと共にいる」

ギラついたクロメの瞳は、強い決心を秘めていた。

そんな彼女の姿に、俺は自分の影を見る。

俺に居場所をくれたのは、玲《れい》だ。

俺の心は、彼女を家に招き入れた時から救われ続けている。

玲についていった先で朽ち果てることになったとしても、俺はきっと後悔しない。

シロナも、クロメも、やはり〝俺〟なのだ。

「もう、りんたろーさんってばクロメに何を聞いとるん？　ウチが照れてまうやないの」

「……二人とも同じ考えなのか、知りたかっただけだよ」

この感じであれば、クロメはシロナが右を向けば同じように右を向くと見て間違いない。

ならば俺が正面から話さなければならないのは、シロナの方だ。

「単刀直入に言う。アイドル活動する理由を、〝親〟に向けるのはもうやめろ。そんなことをしたって意味がねぇ」

「……なんやそれ」

シロナがきょとんとした顔になる。

しかし俺の言葉を受けた本人よりも先に、隣にいたクロメが動いた。

「りんたろう……一食の恩があるとはいえ、シロナを否定するようなことを言うのは許さない」

彼女は怒りを露《あら》わにして、目の前のテーブルを叩く。

その勢いからして、声色以上に相当お怒りだ。

それだけ彼女の中でシロナという存在は大きいのだろう。

だからって、こっちも退《ひ》く気はないが。

先に言っておくが、俺はこいつらに好かれようとか、導いてやろうとか、大層なことは一切考えていない。

嫌われたって、分かり合えなくたって構わない。

だから告げる。思ったことをすべて。

「まあまあ、落ち着きやクロメ。きっとりんたろーさんにも何か思うところがあったんよ。

それかウチらが無意識のうちに地雷を踏んでしまったんやろか？　いずれにせよ、そんなおもんないこと言う人やないでしょ？」

「面白いとか、面白くないとか、そういう話じゃねぇよ。いいから、逃げてないで聞け」

「逃げる？　ウチが？　一体なんの話をしてるん？」

シロナは笑顔のままだが、明らかに威圧感が増していた。

どうやらきっちり地雷を踏めたらしい。

さっきも言ったが、俺からすれば、こいつらの未来はどうでもいい。

似ているとはいえ、所詮は他人。

分かり合うことなんてできないかもしれないし、自分にとって大事な人間になる可能性なんて、それこそ考えたって仕方がない。

しかし、それでも。

俺はこいつらの影に、自分の姿を重ねてしまった。

お世辞にもいいとは言えない環境に不貞腐《ふてくさ》れ、自分の人生が報われることはないのだと諦めていた、あの時の俺を――。

つまるところ、今のシロナを見ていると、あのだらしない自分を見ているようで腹が立つのだ。

自分の言葉で、自分の態度で、自分の未来で、俺はこいつをぶん殴ってやらないと気が済まない。

　他のことはもう知らん。

　後はもう、とにかくぶつかるのみだ。

「りんたろーさんは、一体何が言いたいん？　ウチに分かるように教えてーな」

「ああ、分かりやすいように言ってやる。俺は、自分の過去を呪って、世界で一番自分が不幸なんですって言いたげなあんたの面が気に入らないんだ」

「っ！」

「おまけにアイドルである理由が、親と会って文句を言うため？　ただ一目会いたいだけっつーならまだ応援するが、そんなクソにもならんことやってどうすんだよ。いいか？　俺たち高校生は、ガキだけどガキじゃねぇんだ。馬鹿な目標を抱えて笑っていられる時間は、とっくに終わってんだよ」

「……クソにもならん、やと？」

　ここに来て、シロナの顔が初めて大きく歪《ゆが》む。

　眉間にキュッと皺《しわ》を寄せ、まるで子供のように地団太を踏んだ。

「もういっぺん言ってみぃや！　じゃあなんや!?　ウチらを捨てたクソ親を許せっちゅーんか!?　そないなことできるわけないやろ！　どうせ子供を捨てられるような親なんや！　有名になったウチらが金を持ってることを知れば、絶対のこのこ現れる！　ウチらを財布として利用してやろうってな！　そこにドギツイ一発をお見舞いしたるんや！」

「じゃあ、もし現れなかったら？」

「……現れなかったら？」

シロナの言葉が止まる。

「現れなかったら……そりゃ、その……」

「……」

「……どないしよ？」

シロナは不安そうな顔をしながら、そんな風に言葉を漏らす。

先ほどまでは駄々をこねていた彼女は、まるで迷子の子供のようになってしまった。

「あんたの掲げる目標には、なんの信念も、なんの欲望もない。こんな質問に答えられないくらい、今のあんたは空っぽなんだよ」

「ウチが……空っぽ？」

静かになり、自分を見下ろすシロナ。

自分でも気づいてるんだ。こんな目標を掲げたって仕方がないって。

親に会いたい。今どうしているのか知りたい。会って成長した自分を見てほしい。

それを目標とするならば、誰も否定なんてしやしない。

しかし、そういう人間とは違い、シロナは行き場のない感情を誰かにぶつけたいだけ。

こんなことをしていても、親に会える可能性は極めて低い。

そんなの、自分でもよく分かっているはずだ。

分かっているのに、やめられない。

何故なら、それがなくなった瞬間に、自分がどこにいるのか分からなくなってしまうから。

「……あんたは賢い。でなきゃトップミーチューバーになんてなれないからな。だからこそ、ずっと不思議だったよ。どうして親を探すっていう目標のために、アイドルなんて不確定にもほどがある方法を選んでるのかって」

「っ……！」

「そして俺は、その理由にすぐ気づけた。皮肉にも、本当にあんたと俺は似た者同士らしい」

肩を竦《すく》め、俺は苦笑いを浮かべる。

本気で夢を叶《かな》えようとするのであれば、方法を考え、試行錯誤と努力を繰り返し、時間や金銭、あらゆるものを犠牲にしなければならない。

シロナはそれを理解している上で、楽をした。

まあアイドルになることが楽かと言われればそれは違うが、つまりは真の目的を果たすために、シロナは全力を尽くしていないという話である。

この現代において、人を探す方法なんて山ほどあるのだから。

「気づいてんだろ？　自分にとって、親を罵倒することに大した価値はないって」

「……」

黙りこくっていたシロナは、そのままソファーに深く腰を沈めた。

そして、腹の底から湧き上がってくるような笑い声を漏らす。

「……シロ？」

「にゃははは……そやなぁ、確かに……気づいてたんやなぁ、ウチは」

クロメからの心配の声を受けつつ、それでもシロナは笑う。

まるで人の珍解答を笑うかのように――。

「ぜーんぶ、りんたろーさんの言う通りですわ。何を強がってたんやろ、ウチ。本当は全部、どうでもいい癖に」

「……」

「りんたろーさん。りんたろーさんも、ウチみたいに自棄《やけ》になったことあります？」

「……ああ、あるよ。なんなら、ほんの一、二ヵ月前までそうだった」

出ていった母を恨み、仕事ばかりで家族を放置した父を恨んだ。

ただ漠然と父のようにはならないと誓い、一生働かないなんて目標を定めた。

けど、その目標に意味なんてない。

俺はただ、自分は周りとは違うのだと勝手に諦め、拗《す》ねていただけだった。

「……ま、今は違うけどな」

ガキのように拗ねるのは、もうやめた。

俺は料理ができる。

掃除ができる。

洗濯ができる。

ゴミ出しだって、整理整頓だって得意だ。

これまで培ってきたものたちを、俺はあの三人のために使う。


いつか、〝あいつ〟の専業主夫になることを願って――――。


「羨ましいわぁ。ウチは……ウチらは、どないしようね。こない無駄な努力をしてもうて、ちと……すぐには動けそうにあらへん」

乾いた笑いを漏らすシロナと、それに寄り添うクロメ。

ありもしない目標を掲げて、行き当たりばったりで生きてきた結果が、今のこいつらだ。

俺も一歩間違えれば本当にこっち側にいたのかもしれないと思うと、背筋に寒気を覚える。

しかし、だからってこいつらが手遅れなんてこともない。

誰かが差し伸べた手を、摑《つか》むだけの力が残っているのなら。

「散々好き放題言わせてもらったが、最後にもう一つだけ言いたいことがある」

「……なんや？　今ならなんでも受け入れたるで？」

「一度でいいから、正式なオファーを出して、ミルフィーユスターズとコラボしてみてくれ」

「え……そ、そないなこと……ウチらにそれをやる意味はもう――――」

「意味ならある」

俺が変われたのは、あいつらがいてくれたから。

ならば俺と同類であるこの二人も、何か影響を受けてくれるかもしれない。

「頼む。一度だけ、俺とあいつらを信じてくれ」

「……」

俺の頼みに対し、シロナは――――。

――まさかあんな口説き文句に絆《ほだ》されてしまうなんて、あの時のウチは本当にどうかしていたんだと思う。

「シロ、準備はいい？」

「うん、いつでも行けるで、クロ」

ステージの裏でそんなやり取りを交わしたウチとクロは、そのまま舞台袖から飛び出した。

まばゆいくらいのスポットライトが、ウチの目を焼く。

いつもならウチらが出てきただけでド派手に湧く歓声。

しかし、今日ばかりはそれも皆無だった。

（新鮮やな……〝無観客ライブ〟なんて）

この場に、観客はいない。

観客席にいるのは、数名のスタッフと、配信用に様々な角度から撮っているカメラだけだ。

そう、これはミーチューブ専用の、配信限定ライブ。

本当の観客は、配信のコメント欄にいる視聴者たちだ。

そんな彼らのコメントは、すべてウチらからしか見えない大スクリーンに表示されている。

――――今日のライブのタイトル、それは、〝秋も終盤！　最初で最後のゲリラコンサート　～スペシャルゲストもいるよ～〟。

「っ！　みんな！　見えとるかー？　チョコレート・ツインズやでー！」

「今日は急な配信で驚いたと思うけど、最後まで楽しんでいってね」

ウチらの登場で、コメント欄が一気に動き出す。

歓声が聞こえないのはちょっと寂しいが、こういう目で見える歓声というのも、なかなか嬉《うれ》しいものだ。

ウチらが何故《なぜ》、こうして無観客ライブを開いたのか。

すべては、ありりんたろーさんの言葉がきっかけだった。

「ひたすら歌って踊るで！　準備はええな？」

ウチがそう言えば、チョコレート・ツインズの定番曲が流れ始める。

コメント欄は大盛り上がり。

歓声では音がまとまり過ぎて気づけなかったけど、こうして流れているコメント一つ一つがファンからの応援って思えば、自分たちがどれだけたくさんの人から支持されているのかよく分かる。

果たしてウチは、ファンのことをどう認識していたんやろ。

『アイドルとか、ファンとか、ウチにとっては実際どうでもええ』

りんたろーさんに対して吐き捨てた言葉が、今更頭に浮かぶ。

本当に、ウチはそう思っているんだろうか。

真の目的もなく、拗ねっぱなしで、どこまでも空っぽなウチ。

そんな自分にも、応援してくれる人がいる。

助けてくれる人がいる。

これからもずっと変わらずに、そんな素晴らしい人たちを切り捨てていいのか。

（っ……！　ええわけないやろ！）

曲に合わせ、クロと共に跳び上がる。

ここで変わらないなら、一体いつ変わるんだ。

ウチについてきてくれるクロ。

発破をかけてくれたりんたろーさん。

そして応援してくれているファンの皆。

この人たちに報いることが、ウチのやるべきこと――――いや、やりたいことなんじゃないのか。

たとえこの気持ちが幻想だったとしても。

焦るあまり、目標を作らなければという気持ちだけが先行していたとしても。

この感覚に縋《すが》らなければ、ウチの心は本当に死んでいく気がした。

心を込めて歌い、心を込めて踊る。

そして気づけば、大事なゲストが登場するタイミングが迫っていた。

ウチはちゃんとパフォーマンスできていたのだろうか？

あまり記憶はないけれど、コメント欄がとてつもなく盛り上がっている様子からして、きっと上手《うま》くやれていたのだろう。

（……気持ちええなぁ）

もはや自分を照らすスポットライトすら心地がいい。

こんな風になれたこと、一度だってなかった気がする。

「シロ、そろそろ」

「せやな……」

ウチはマイクを持ち直し、真正面に設置されたカメラに視線を向けた。

「ここまで付き合ってくれた皆さん、どうもおおきに。今からはゲストと一緒にこのライブを盛り上げていくで！」

そうしてウチは、〝ゲスト〟を呼んだ。

あの子らとコラボしてほしいと、りんたろーさんは言った。

まだその真意は分からない。

（ほな、確かめさせてもらおうやないか）

彼女らが舞台袖から飛び出してくる。

その瞬間、コメント欄が一周回って固まってしまうほどの盛り上がりを見せた。

「ツインズファンのみんな！　こんにちは！」

「今日のライブにお邪魔させてもらう、ミルフィーユスターズだよ」

「頑張って盛り上げるので、今日はよろしくお願いします」

コメント欄はミルスタのことを大歓迎。

なんなら、ウチらが出てきた時よりも盛り上がっているかもしれない。

妬《や》けてしまうけれど、これがトップアイドルの力なんだと思うと、納得できる。

オフで会った時とは、表情も、仕草も、何もかも違う。

誰もが理想的に思う、完成されたアイドルが、そこにいた。

この姿はきっと、これまでのウチには見えなかったものだ。

眩《まぶ》しいくらいに美しい、彼女たちのようになれたなら——。

「……いくで、クロ。ウチらも負けてられへん」

「うん、シロがいくなら、私もいく」

ここで退《ひ》いたら、本当に終わり。

ウチは目の前の一線を越えるため、前へ足を踏みだした。


――それからのことは、あまり覚えていない。

とにかくがむしゃらに歌って、がむしゃらに踊った。

ミルスタの踊りについていこうと必死になり過ぎて、ふくらはぎが攣《つ》りそうになったことは覚えている。

ウチらだって十分レッスンを重ねてきたと思っていたが、まだまだ足りないらしい。

「みんな、見に来てくれておおきにな。こういうイベントは中々できひんかもしれんけど、声が多ければなんとかまた企画してみるわ」

楽曲がすべて流れ終え、ウチは締めの挨拶をする。

体はずっしりと疲れているのに、気分はどこまでも晴れやかで、おだやかだった。

「……ほな、また」

いつもの言葉で、ウチは配信を閉じる。

配信は閉じても、コメント欄はしばらく止まらない。

ライブの終了を惜しむ、コメントの弾幕。

それがウチのぽっかりと空いていた穴になだれ込んでくる。

「にゃはは、こんなの、寂しいなんて思うてる暇ないやん」

気が抜けたウチは、そのままステージの上で崩れ落ちる。

「シロ！」

「大丈夫大丈夫、ちょっと力が抜けただけや」

クロに支えてもらいつつ、ウチは立ち上がる。

そして改めてミルフィーユスターズと向き合った。

約一時間のライブの後で、彼女たちはまだケロッとした様子を見せている。

マジもんの化物やん、この子ら。

「……おおきにな、ミルスタの皆さん。突然のコラボ依頼に乗ってもろて」

「気にしないでいいわよ。うちのサポーターに頭下げられちゃったら、さすがに断れないしね」

そう言って、カノンさんは苦笑いを浮かべる。

りんたろーさん、頭まで下げてくれたんか。

自分は冷たい人間みたいな顔をしていたが、内に秘めた優しさをまったく隠せていない。

ウチが見込んだ通り、あの人はやっぱりおもろい人だ。

「あの人がミルスタとコラボしろって言った理由、今なら分かりますわ」

目的を失ったウチは、ただ彷徨《さまよ》い続けることしかできなかった。

そんなウチに対し、りんたろーさんは目指すべき光を置いてくれたのだ。

ミルフィーユスターズという、〝アイドル〟の極みを――。

「ウチらも……なれるやろか？　あんたらみたいなトップアイドルに」

「……それはあなたたち次第。でも、夢物語だとは思わない」

「にゃはは、そいつはいいことを聞きましたわ」

あのミルフィーユスターズからのお墨付き。

これはもう、やらん理由の方がなくなってしもうたな。

「クロ、これからも苦労かけると思うけど……ついてきてくれる？」

「当然。私はずっとシロについていくよ」

「……おおきにな」

ウチは本当に大間抜けだった。

親に捨てられたから、孤独を知ってる？

アホぬかせ。ウチにはずっとクロがいてくれたじゃないか。

ウチは孤独なんかじゃなかった。だからこんなにあっさり気持ちが晴れたんだ。

今はもう、クロだけじゃない。

何万人というファンがウチの側《そば》にいる。
孤独なんて、感じている暇がない。
それに気づいた今、ウチはようやく変われる気がした。

チョコレート・ツインズとミルスタのコラボライブ配信。

とんでもない視聴者数を叩《たた》き出したその配信は、まさにミーチューブ界隈《かいわい》、さらには芸能界の伝説となった。

あの大人気アイドルのライブが、まさかの無料配信。

そんなの、人が集まらないわけがない。

あまりにも同時接続が増えすぎて、サーバーが悲鳴を上げてたとかなんとか噂《うわさ》もあるが、まあ……それは今の俺たちには関係のない話だろう。

そしてちょうどその配信が終わった日の夜、俺はリビングに広がっている惨状を見て、頬を掻《か》いた。

「その……本当に悪かった。こき使っちまって」

「……分かってるならいいわ」

疲れ果て、床に転がる三人。

今もそこら中で騒がれているアイドルの姿とは、到底思えない。

「むしろボクとしては、だらしない姿を見せて申し訳ない気持ちだよ……」

「なんか、いつも以上に疲れてねぇか？」

「スケジュール調整で苦戦したっていうのもあるけど、一番はツインズの前で強がっちゃったのが原因かな……でもせっかくこっちに憧れの視線を向けてくれているんだから、かっこいいところ見せないと」

「……立派だよ、ほんとに」

シロナに対し、ミルスタとのコラボを提案した俺は、その後こいつらにも頭を下げて頼み込んだ。

ツインズから依頼が来たら、どうか受けてやってほしいと。

仕事には極力干渉しないようにしていた俺の、最初で最後のわがまま。

意外だったのは、こいつらがあっさりと了承してくれたこと。

もう少しわだかまりがあってもおかしくないと思っていたから、その場でオーケーをもらった時はさすがに驚いた。

もちろんライブ会場を押さえて観客を入れるとなると、数ヵ月単位の準備が必要になるし、簡単にはコラボも実現しないと分かっていた。

しかしそこで救世主となったのが、無観客ライブと、ミーチューブ配信という概念。

無観客なら会場を押さえるだけで済むし、スタッフも最低限で済む。

何より幸いだったのは、ミルスタが所属しているファンタジスタ芸能が乗り気だったこと。

何もかも貪欲に飲み込んできた会社として、チョコレート・ツインズのファンを引き入れるチャンスを逃すべきではないと判断したようだった。

ミーチューブでの投票企画にオーケーを出した時点で、どういう形であれツインズとコラボする流れを待っていたらしい。

すでにトップアイドルだってのに、大したハングリー精神である。

「凛太郎《りんたろう》」

「ん？」

「私たち、ちゃんとできた？」

「……」

その質問には、色々な意味が含まれているように思えた。

俺がツインズに対して何をしたいのか、深くは分からずとも、玲《れい》たちはなんとなく察してくれていたことだろう。

だから二つ返事で俺の無茶な要望を聞いてくれたのだ。

「ああ、本当に助かったよ。ありがとう」

「ん……ならよかった」

安心したように、玲は体から力を抜いた。

そしてしばらく黙ったと思えば、すぐに寝息を立て始めてしまう。

「ずいぶん疲れてたみたいだね……ボクらも人のこと言えないけど」

「ここ数日も気を張ってたみたいだしね」

気を張っていたという言葉に、俺は疑問を覚える。

「レイね、あんたをずっと信じてたけど、心細くはあったと思うの」

「……そうか、そうだよな」

「あたしが言うのもなんだけど、明日からしばらくうんと甘やかしてやってよ。それくらいのご褒美はあっていいんじゃない？」

確かに、俺はここまで考えが及んでいなかった。

こいつらは俺が戻ると信じてくれていたけれど、もし俺が待つ側だったなら、少しは不安を覚えていたに違いない。

玲が戻ってこないなんて、考えたくもないのだから。

「そうだな、お前らにも、ちゃんとお礼を考えておかなきゃ」

「────言ったわね？」

「え？」

顔を伏せていたカノンが、笑い声を漏らす。

なんか、超絶嫌な予感がする。

「りんたろー！　あたしとデートしなさい！」

「……はぁ？」

突拍子のない命令を受け、俺は疑問符を浮かべる。

するとこの様子を静観していたミアが、小さくため息をついた。

「……実はボクら三人の間で一つの勝負があってね。自分の企画でミーチューブを撮って、一番再生数を伸ばした人が勝ちってゲームだったんだ。まあ、それでカノンが勝ったわけなんだけど」

「その景品が、丸一日あんたを独占する権利だったのよ」

……何をしてるんだ、こいつらは。

別にもう断る理由もないが、そういうのはまず俺の了承を得た方がいいと思う。

まあ、こいつらの了承を得ないままツインズに発破をかけた俺が言っていいセリフじゃないけど。

「お礼、してくれるんでしょ？」

「……分かったよ。一日お前に尽くせばいいんだろ？」

「よーし！　言質取ったから！」

そう言って、カノンは悪戯《いたずら》っぽく笑う。

「うーん、どこに行こうかしら？　りんたろーには荷物持ちしてもらうとしてー、やっぱり表参道？　ちょっと大人っぽすぎ？」

「……カノン、凛太郎君を変なところに連れてかないでね。いかがわしい場所とか」

「あたしのことなんだと思ってるのよ！　このスケベ！」

相変わらずぴーぴーと鳴くカノンと、すまし顔のミア。

それと、これだけ騒いでいても一切起きる様子のないマイペースな玲。

この光景を見ていると、心がとても落ち着く。

（……ずっと、ここにいてぇな）

しかし、来《きた》るべき日は迫っている。

時間が止まることはない。

できる限り、後悔のない日々を送りたい……心の底からそう思う。

「ん？」

ぴこんという音が鳴り、俺の意識は音のした方に引き寄せられる。

どうやらダイニングテーブルの方に置いてあった俺のスマホに、メッセージが届いたようだ。

差出人は、狐塚白那《こづかしろな》とある。

『ウチの背中を押してくれておおきに。今後はミルスタを超えるアイドルを目指して、クロと一緒に精進してみることにしました。よかったら応援してな。――追伸、またウチに遊びに来てな？　歓迎するで』

「ははっ、家事やってほしいだけだろ」

すっかり毒がなくなったシロナのメッセージを見て、俺は噴き出すように笑った。

人間なんて、深く突き詰めていけば、皆空っぽなのかもしれない。

夢や目標なんて、本当は意味ないのかもしれない。

しかし、たとえそうだったとしても、確信を持って言えることがある。

俺もこいつも、今の方がマシ。

今日よりも明日、明日よりも明後日《あさって》。

少しずつでも、一日一日、自分をマシにしていけばいい。

いつかきっと、自分を心の底から好きになれる日が来ると思うから――。

# あとがき

この度は、『一生働きたくない俺が、クラスメイトの大人気アイドルに懐かれたら』五巻を購入してくださり、誠にありがとうございます。

お久しぶりです。原作者の岸本和葉です。

ついに五巻まで来たということで、私も大変嬉《うれ》しく思います。

凛太郎《りんたろう》とミルスタの一つ屋根の下暮らしは、波乱万丈な幕開けを遂げました。

ライバルアイドルの登場はずっと書こうと思っていたエピソードだったので、こうして書き上げられて大満足です。

シロナたちの物語は凛太郎たちとは別の方向へ進んでいくことになりましたが、また一瞬交わったりはするかもしれませんね。

次章からは、武道館ライブに向けて三人と凛太郎が協力しながら、絆《きずな》を深めていきます。

……あくまで予定ですが。

現実世界は冬のど真ん中ですが、本編ではこれからクリスマスや、正月が待ち受けています。

クリスマス、いい響きですね。

ラブコメでクリスマスといえば……なんでしょうね。

ご意見等、ファンレターでいただけると嬉しです！

まあ、ファンレターくれくれはこれくらいにして……。

今回も、制作にかかわってくださった皆様、イラストを描いてくださったみわべ先生、

そしてここまで読んでくださった読者の皆様に、最大限の感謝を。

私は絶賛花粉で苦しんでおりますが、どうか良い日々をお送りください。

次回がありましたら、ぜひまたお会いしましょう。

## 作品のご感想、
## ファンレターをお待ちしています

あて先

〒141-0031
東京都品川区西五反田8-1-5 五反田光和ビル4階
ライトノベル編集部
「岸本和葉」先生係／「みわべさくら」先生係

OVERLAP

# 一生働きたくない俺が、クラスメイトの大人気アイドルに懐かれたら 5
## 美少女アイドルたちにライバルが現れました

発　行　2024年2月25日　初版第一刷発行

著　者　岸本和葉
発行者　永田勝治
発行所　株式会社オーバーラップ
〒141-0031　東京都品川区西五反田 8-1-5
校正・DTP　株式会社鷗来堂
印刷・製本　大日本印刷株式会社


Printed in Japan　ISBN 978-4-8240-0736-0 C0193

第12回 オーバーラップ文庫大賞
原稿募集中！
イラスト：じゃいあん
【締め切り】
第1ターン 2024年6月末日
第2ターン 2024年12月末日
各ターンの締め切り後4ヶ月以内に佳作を発表。通期で佳作に選出された作品の中から、「大賞」、「金賞」、「銀賞」を選出します。
その物語は、
きっと誰かが
好きな物語。
【賞金】
大賞…300万円
（3巻刊行確約＋コミカライズ確約）
金賞……100万円
（3巻刊行確約）
銀賞………30万円
（2巻刊行確約）
佳作………10万円
投稿はオンラインで！ 結果も評価シートもサイトをチェック！
https://over-lap.co.jp/bunko/award/
〈オーバーラップ文庫大賞オンライン〉
※最新情報および応募詳細については上記サイトをご覧ください。
※紙での応募受付は行っておりません。